台日韓女性文學

一場創作與發展的旅程

吳佩珍、崔末順、紀大偉 主編

前言

　　回溯2014年11月21~22日於政治大學台灣文學研究所舉行
的台日韓女性作家會議的緣起,時間要回到2013年。當時是源
自所長范銘如教授的發想。此時正值日本女作家津島佑子訪
台,因其受台北市文化局邀請,擔任2013年北市駐市作家,於
是便乘此機會向她請益。津島本身是資深作家,此外也曾長期
擔任日本具六十多年歷史的「女流文學者會」會長,透過幾次
亞洲女性作家會議的經驗,對亞洲女性作家的作品以及動向都
有一定程度的掌握。也因為津島女士的關係,我們得以邀請到
韓國的代表女性作家申京淑。

　　為了讓會議更具實質的交流意義,日韓作家的人選,最
主要以有中文譯作者為優先。與日韓作家進行對談的台灣作
家亦如是——以有日韓譯作的作家為優先。也因為這樣的限
制,不免有遺珠之憾。此次與會的台灣作家有平路、陳雪、蔡
素芬、蘇偉貞(依姓氏筆畫順序),日方代表為津島佑子與松
浦理英子,而韓方則是申京淑與金仁淑。為了加深各區域交流
的深度與廣度,同時也邀請了日韓的女性文學代表研究者:立
命館大學的中川成美教授與韓國成均館大學的李惠鈴教授。而

台灣方面則有本所的范銘如教授、崔末順教授、紀大偉教授以及吳佩珍教授。

　　這個成為國內學術界創舉的東亞女性作家會議得以圓滿成辦，除了台文所創所所長陳芳明教授的聲援與參與之外，擔任諸多瑣務的本所同仁崔末順教授、紀大偉教授均功不可沒。而此會議的催生者——台文所所長范銘如教授應該是最大的功臣。這本小集，除了是此次會議的紀錄，也是東亞三國女性文學發展軌跡的小小縮影。是的，是女性正在改變亞洲，不是亞洲女性正在改變。

吳佩珍

2015年11月26日

於指南山麓

目次
CONTENTS

當代台日韓女性小說比較初探

范銘如

國立政治大學台灣文學研究所特聘教授兼所長

　　20世紀的台日韓三國交流密切卻常常處於相互競爭甚至敵對的關係。初期因為日本帝國主義的擴張將台灣和韓國併入殖民地版圖，戰後在美國的亞洲戰略中台日韓成為依循自由民主制度的民族國家。在冷戰時期發展出來的現代化過程使得三者在因應國際潮流和調節傳統的作法上有不少相似點，但是因為內部社會結構與國際處境的差異，接受現代化的歷史階段以及轉化出的成果則有明顯的文化特徵。長期以來，由於三國之間糾葛的歷史恩怨和地緣政治的競爭關係，相鄰的區域對相似的彼此狀況並不熟悉，而是將美國和西歐的文化作為參照甚至標竿。缺乏一個區域視野的參照系統，各國對於本地接收和開展現代性的優缺的看法並不完全。婦女，通常作為現代化發展的指標之一，卻又常常是社會轉型第一線的受害者，在國族利益和自我價值的矛盾中建構出另類的現代性追求。身為知識菁英和藝術家的台日韓女作家，各在何種社會和文化條件下晉身文

壇主力，她們的作品如何再現並反思女性及社會的發展？三國的當代女性文學是否有某些類似的主題或特色？本文將為此比較研究提出理論架構雛型和幾點觀察，為後續的深度對話提供學術基礎。

1. 女性思潮的當代進程

亞洲的女性運動的歷史步伐並不一致。西方女性運動最明顯洶湧的時期一般來說有兩波，第一波從19世紀到20世紀初的婦女解放運動，第二波則是60年代到90年代初的解父權、重差異的女性主義運動，有的則將90中期以迄列入第三波。第一波婦運影響了許多國家如中菲日印尼和印度，即使是沒有明確宣言的國家也並非沒有類似實質的活動。第二波婦運挾著聯合國的「消除對婦女一切形式歧視公約」（CEDAW）在許多亞洲國家推展，不過有些婦運是在維護基本人權的基礎立論上實施，不見得單為了維護婦女的權益；有些國家，例如中國，第一波婦運的力道和激進程度還大過後來的階段。所以總體而論，亞洲女性運動無法有線性而絕對的分期。[1]相較於其他亞

---

[1]　Mina Roces, "Asian feminisms: Women's movements from the Asian perspective," in Mina Roces and Louise Edwards edited, *Women's Movements in Asia: Feminisms and transnational activism* (London: Routledge, 2010), 3-4.

洲地區的婦運，台日韓三地皆受到這兩波國際婦運思潮明顯的衝擊。第一波婦運影響日本始於1910年代，在台灣和韓國則約在1920年代後期。第二波婦運影響日本約在1970年代，日本新左派女性和反越戰運動結合成反性別歧視的運動與論述，不少倡議思想性的婦女雜誌於70年代中期發刊，探討婦女身體和情慾自主權或是宣揚日本和亞洲女性的傑出成就。[2]80年代的婦運更從社運走入了學院，許多學者運用女性主義理論分析日本的社會處境，上野千鶴子、江原田美子與竹村和子在90年代中期回顧結輯成《日本的女性主義》叢書。上野千鶴子、小倉千加子以及富岡多惠子於1992年聯合出版一本以女性主義觀點批評六位男作家的《男流文學論》，引發了不小的爭議。女性主義文學批評家例如三枝和子、水田宗子、與那霸惠子以及北田幸惠等人也有亮眼的表現，專論現代和當代女作家的研究也陸續在二十年間相繼問世。[3]

　　台灣的第二波女性主義運動一般會溯源自70年代的《拓荒者》雜誌創刊，但一直要等到80年代才稱得上真正風起雲湧。[4]尤其80年代中期後，女性主義理論隨著各種當代西方社

---

[2]　詳見Barbara Molony, "Crossing boundaries: Transnational feminisms in twentieth-century Japan," in *Women's Movements in Asia: Feminisms and transnational activism*, 104-106。

[3]　Murakami Fuminobu, *Postmodern, Feminist and Postcolonial Currents in Contemporary Japanese Culture* (London: Routledge, 2005), 13-14.

[4]　參見李元貞，《眾女成城——台灣婦運回憶錄》（台北：女書文化，

會和文化思潮引爆台灣學術界，加上1987年戒嚴令的正式解除，70年代發軔但在戒嚴令下無法發酵的女性主義社會運動路線，以及80年代在文壇颳起旋風但尚未被學術認可的女作家潮結合。社會運動的、文藝創作的以及學院研究的女性主義在90年代以後合流成為台灣論述的主流之一。以女性主義文學批評從事文學研究的論述在80年代後期出現後到90年代中期已經被學院接受，以台灣女作家作品為主題的不同文學選集和批評研究論著相繼出版，在教科書讀本和一般閱讀市場上皆有一定的銷售量。各大學的台灣文學研究所都開設過台灣女性文學相關課程，每年以台灣女作家為專論或比較研究的學位論文汗牛充棟。台灣的女性文學及研究在學術位階的正典化地位已然確立。

韓國的婦運則蓬勃於1980年代，許多女性教授學生和婦女工作者紛紛組成進步的婦女組織，例如1983年「婦女平等和友誼協會」，1984年「另類文化」、1987年後韓國民主化制度確立，同年「韓國女工協會」與「韓國婦女聯合協會」分別成立，後者尤其是一個龐大的婦女團體聯合組織，推動許多婦女權益。不過80年代婦女運動與其他社運比較像是70年代社運的延續，宣揚的是反政府、擁護勞工和民主的社會改革，嚴格意義的性別主流化的呼聲在90年代才開枝散葉，不同的婦女組織

2014）。

和路線也出現爭議。[5]

　　台日韓三國女性主義運動的大致輪廓有驚人的相似之處。籠統來說，都是日本早於台灣和韓國十年，第一波與第二波皆然，而90年代以後台日韓的婦運都進入成熟分眾的階段。就像其他亞洲國家的婦運一樣，台日韓的婦運也跟政治環境的關係密切。就當代的這一波來看，都是當地主導的政治勢力出現鬆動、經濟進入穩定蓬勃的時期，國際金融與資訊思潮的流通快速而頻繁、高度資本化和都市化的生活衝擊傳統的社會結構、生活型態、家庭結構、人際關係家庭和信仰價值。在物質條件相對富裕，政治、社會和文化版塊重新因應調整的轉型期，性別意識才會在民主社會允諾的人權保障中以及東亞國家對國際化想像的「進步」指標中突圍而出。因此，台日韓三國的婦運雖是本國的發展，跨國的交流與性質始終非常濃厚。日本從70年代的民主政治相對穩定，台韓的婦運則對民主化運動都有推波助瀾的作用，但也因此執政者對性別議題的開放與保守對台韓婦運的活動發展產生較大的影響。

　　女性運動的發生跟當地女性文學的崛起並沒有直接因果關係，20世紀的每個年代都陸陸續續有女性創作者的身影，許

---

[5]　Seung-kyung Kim and Kyounghee Kim, "Mapping a hundred years of activism: Women's movement in Korea," *Women's Movements in Asia: Feminisms and transnational activism*, 197-200; Nicola Anne Jones, *Gender and the Political Opportunities of Democratization in South Korea* (NY: Palgrave macmillan, 2006).

多被認為具有性別意識的女作家也不見得認同女性主義的主張。實際對比一下三國女性文學興盛的歷史階段，日本與台灣女性文學約在80年代，韓國則在90年代。易言之，日本韓國的女性文學稍晚於該國婦運，台灣則約莫同時甚或早於婦運。當然，斷定任何的歷史都有其爭議，何況女性文學「興盛」的定義是指人數還是創作質量也無法有客觀的評定標準。因此，放寬一點來看，我們不妨說，台日韓女性文學和該國的婦運總是差不多的階段興起，而經過婦運衝擊的女性文學在下個十年的發展更形快速全面。也就是說，隨著邁向現代化社會培養的一群女性知識份子，當主導的政經環境和論述體系崩解，邊緣弱勢團體的聲音高漲，這些女性剛好就能在權威的隙縫中突圍，現身說法為自己和其他女性發聲。她們的教育程度、專業技能、文藝素養和生活歷練都提供了她們足夠的社會觀察與論述能力；有的走向社會體制裡從事知識啟蒙和改革實踐，有的在象徵體系裡進行再現符號的反思與建構，交互刺激女性議題的關注與討論。不管是對既有制度或是傳統文化的批判、衝撞、對話和協商，種種問題意識的翻騰都能不斷誘發女作家書寫觸角的延伸，最終拓展了女性文學的廣度和深度。

婦運的發展有效地開展了許多婦女議題、打破既定論述的窠臼範疇，誠然提供了女性文學的間接養分，台日韓女性小說的特徵與趨勢主要還是必須從各國的文學史脈絡來理解，即

使女性著墨的主題與美學風格與男作家有所差異。儘管有一些女性文學常見的母題，例如女性自覺、婚戀、事業、生育、身體、情欲、主體性、家庭制度和倫理關係（尤其是母女關係）等，廣泛地出現在三國女作家的文本中，但是去掉文化歷史的特殊性只會導致議題的平面化，難以深入探討東亞女性在不同文學地理裡的處境和表現。下一節我將由歷史階段的早晚，概略性地介紹一下日台韓當代女性小說的趨勢以及幾位指標性作家。

2. 女性小說的興起與特色

（1）日本

在三國中發軔最早的女性文學當屬日本。日本女作家的傳統悠久，不僅可以溯源至古典時代，甚至是被承認的一種（不同的）寫作流派。20世紀初的現代女作家群也是陣容最壯大、活動力和藝術表現最強盛的一批。戰後女性文學似乎沉寂了一陣，直到70年代又慢慢復甦。70年代的日本政治和經濟形式都發生重大變化，文學生態也產生一連串轉折。隨著國際政治關係的逐漸穩定和日本資本主義的高度發展，人們不再有明確急迫的奮鬥目標；許多評論家認為「日本文學處在沉寂狀態」，有的明確警告文學疲憊論，有的疾呼〈豐衣足食難道可

以忘卻文學〉。[6]研究者指出，這個時期文學事業顯現了衰落的現象，書籍銷售量下滑，讀者對純文學興趣減少，也無法避免的出現文學商品化的趨勢。然而與此同時，隨著日本社會的國際化速度和西方當代文學的引介，小說在文學理論、題材、主旨、形式上的表現多采多姿，小說類型推陳出新而模糊了原本通俗嚴肅的分野界線。在這種大環境下應運而起的文學主力正是以探索人的意義崩解的內向世代和崩解父權理體的女作家群。[7]不知是歷史的巧合或必然，每當時代文學被批評為衰落消極的時候，往往也是女作家興起的時代，反之亦然。在台灣50年代和80年代兩波女性文學的黃金時代中都出現過類似的評語。然而也是從台灣女性文學的案例中我們得知，內向性寫作對於女性內在慾望和主體性的探求是有力甚至不可或免的路徑之一。無怪乎從女性文學的發展來看，水田宗子認為：

> 在日本，自1970年以來，女作家的作品恐怕是最讓人讚賞的。西方女性主義者試圖打破以男性為中心的框架，她們也進入了這一行列。她們企圖找到把女性意識從與男性和女性性慾望有關的沉重神話中解放出來

---

6 參見葉渭渠、唐月梅著，《日本文學史現代卷》（北京：經濟日報出版社，1996），628-635。

7 何乃英，《日本當代文學研究》（北京：北京師範大學出版社，1997），312-317。

的途徑，這一神話充滿了女性的心理和潛意識。……
她們面對女性本身的內心世界的誠實性，很容易形成
鮮明的女性視覺。從這個意義上說，她們的作品反映
了本世紀的文化現象和思想的主要潮流，特別是在思
想方面，反映了女性的自我表現意識和對女性本身的
探索。[8]

　　的確從70年代初期以降，富有女性意識的小說就逐漸出現
日本文壇，例如高橋多佳子發表於1971年的〈相似形〉，描述
母親看著成長過程中跟自己越來越相像的女兒，一方面在這個
仿如復刻版的言談舉止中照鑑出自己的優缺點，一方面又對另
一個更具魅力與未來性的年輕自己感受到了競爭的妒忌。感受
到母親的冷淡與敵意的女兒在成年後，刻意離家求學、結婚生
子，與母親保持距離以維護受傷的尊嚴。文本刻劃的母女情結
冷峻深入，質疑母職與母愛神話。作者甚至藉由文中母親在等
待女兒帶著孫女返家前回憶起自己母親時，明白說出「這是女
人的血啊……把它傳給你的女兒，再傳給她的女兒，傳下去的
只是一種職責，……所謂的母愛在哪裡？不就是男性製造出的

---

[8]　水田宗子主編，陳暉等譯《日本現代女性文學集「作品卷」》（上
　　海：上海藝文出版社，2001），15-16。

幻影？」[9]對女性輪迴式的命運感到悲觀。大庭美奈子五年後發表的〈山姥的微笑〉也觸及到了母女的矛盾，速寫女性的一生。山姥是日本民間傳說中的女妖，她是個又老又醜又能洞察人心獨居深山的妖婆，等著迷路的旅人送上門來當做糧食。小說先簡述了這個通俗版的女巫傳說，然後倒帶敘述了一個聰明的小女孩的必然命運。當一個聰穎的女孩出生以後，她的頭腦必然從小就會帶給母親和周邊的人莫大的壓力、她的敏感和體察也必然讓自己疲累挫折。長大以後，找一個男人結婚讓原生家庭擺脫負擔將是不可避免的選擇、婚後她必然得迎合老公的心思喜好去扮演一個「忌妒心強、頭髮長見識短、吃大虧佔小便宜、又傻又膽小」的老婆。[10]到了上了年紀，老公開始抱怨自憐體弱多病，要求老婆發揮女性看護照料的天賦，而老婆卻因為長年負責清掉剩菜剩飯不斷發胖終至在某一天腦血栓發作。病危的她當然得勞累另一個被認定有照護天賦的女性親屬——她的女兒——來照顧。起初幾天，女兒回憶母女相處的點滴感動感激地守護病榻回饋母親，過一陣子後疲累的女兒不耐煩地想著自己還有女兒等著回去養育。聰明又善體人意的女人為了不拖累女兒，很快的撒手人寰。當這個在吃女人的社會中

9　高橋多佳子，〈相似形〉，收錄於《日本現代女性文學集「作品卷」》，108。

10　大庭美奈子，〈山姥的微笑〉，收錄於《日本現代女性文學集「作品卷」》，129。

受盡折磨的靈魂回歸寂靜的原野後，那解放的哄笑迴盪群山之中，從此過著幸福愉快的獵人吃人的單身山姥生活。可以說是一篇為日本女巫翻案的、幽默又諷刺的女性主義小說。富岡多惠子在1980年發表的〈稻草狗〉則以一個中年單身女性不斷誘惑年輕男子發生一夜情的故事，在權力易位的冷眼中觀察男性屈居為性客體時的各種反應。[11]

　雖然70年代就有一些富於性別意識的先驅，一般認為一直要到80年代女作家人數激增、整體女性文學的聲勢看漲，才是女性文學的盛世。但是80年代日本主流文壇的大眾化、口語化傾向對具有批判性的嚴肅文學而言並不是友善的環境。當紅的作家，如「村上春樹、高橋源一郎、吉本芭娜娜、山田咏美等。他們共同的特點，是遠離近代文學厚重的書籍和思索中心的傳統，以漫畫、電視和流行音樂等未公認的文化為教養的基礎，將年輕人的語言納入文體。」[12]許多蓄勢待發的優秀女作家雖在默默耕耘中挖掘更多女性慾望與家庭關係的議題，我認為，90年代才是形式藝術與題材內容全面重磅出擊的豐收期。不僅在女性議題朝向更深入多元的開發，實驗性的敘述技巧也層出不窮。松浦理英子出版於1987年的《本色女人》，以女同

11　富岡多惠子，〈稻草狗〉，收錄於《日本現代女性文學集「作品卷」》，147-168。
12　清水良典，〈笙野賴子的文學世界〉，收錄於笙野賴子著，竺家榮、王建新譯《無盡的噩夢》（北京：中國文聯出版社，2001），405。

志的性愛細描以及施虐被虐的行為心理崛起，此後陸續發表一些反思刻板性別論述的散文，[13]1993出版的《拇指P紀事》無異是震驚文壇的深水炸彈。[14]《拇指P紀事》是一個小說家記敘的友人奇聞。故事從一個天真平淡的異性戀女大生某天醒來發現右腳大拇指長成一個陰莖揭幕。這個男性的器官很快帶給她的男友床第上的陰影，分手後她交往了一個博愛的盲人音樂家，然後加入了一群長有奇怪性器官並以此表演性交場面謀生的「奇花秀」團體，她從旁觀這群生理變種人的奇觀性行為與心理到運用她的男女雙重性器官親身體驗。上下共兩卷的長篇巨鉅雖然具體地描寫各種性交的組合，男女、女女、男男、多人，以及各種性愛的奇技淫巧，但是小說一開場有如卡夫卡〈變形記〉的變身其實已經預告了小說底蘊深沉的哲思性企圖。在這個性愛歷險的過程中，女主角就像是複調小說的主人翁不停地在每一段關係或身體交合中思索關於性、愛、器官、身體、施虐與被虐的關係，女主角的內心獨白思辨往往讓讀者忘記此刻明明正置身激愛的場面。與其說是性的狂歡，不如說是女性辯證性、性別、性向、身體與親密意義的成長小說。

---

13 松浦理英子著，秦嵐、劉曉峰譯《本色女人》（北京：中國文聯出版社，2001）。

14 松浦理英子著，劉慕沙譯《拇指P紀事》（台北：時報文化，1998）。

　　與松浦理英子一樣挑釁所謂規範的前衛作家還有笙野賴子，不同的是笙野解構的戰場指向日本語言體系及其背後的父權理體邏輯。1991年發表的〈無所事事〉是以一名年逾三十既無工作也不結婚的都市女性為主角，藉由她雙手莫名其妙的濕疹象徵這樣的女性對以天皇為代表的日本社會的接觸過敏，揭露父系社會對女性的期望與制約。兩年後又以魔幻寫實的技巧發想在某家族〈兩百年祭辰〉中復活的祖先，一屋子的死人和活著的子孫共同操持著典禮儀式、交談著言不及義的話語，竟然分不出誰是生靈誰是死屍。對徒具形式實則僵化浮面的家族血緣提出無情的嘲諷。笙野賴子對體制和書寫形式最富顛覆性的文本或許要屬一年後出版的〈無盡的噩夢〉。名為惡夢，然而小說裡的夢境更像是電動遊戲裡的關卡，是重複相似的機關與遊戲規則；夢中的我被設定的角色是個面目模糊年約三十的「日本女智人」，她的智力抵觸了遊戲規則而屢被處罰，但在關卡的不斷折磨和練習之下進化成能操控遊戲最終破關。噩夢裡的空間是由一堆活死人統治名為血光之城的國度，以殺戮、壓迫、歧視、馴服女人為過關晉升的準則，女性如果不對王子說「我愛你」就要被處以下地獄的極刑。文本裡的日本女智人就像經典電玩「惡靈古堡」裡的愛麗思，逐漸發現主詞「我」和這個國度都是文字處理機建構出來的符號。「我」如果不想變成那些受到語言病毒感染的活死人，唯一的出路就是

拿那些語言形成的武器戰鬥，從對這些既定文字進行單句單段的拆解和重組，最後運用神祕母系的吟哦音調，碎裂日本及許許多多外國公式化童話故事中的王子幻影，從惡夢中逃脫。[15]這篇運用了德希達、法國女性主義加上後現代的女性主義小說充滿了互文仿擬，對男性理體建構下的性別文本政治發出陣陣的訕笑。

　　90年代熱中結合性別議題與形式實驗的女作家不少，而且靈活的運用日本傳統的文學傳說等轉化為新的女性書寫養分。多和田葉子即是箇中好手。她的〈狗女婿上門〉和〈夜晚發光的鶴的假面具〉都是仿寫並顛覆了日本民間物語的傑作。[16]津島佑子猶為宏觀。早期的津島佑子不走前輩作家否定母職、質疑母性的路數，《寵兒》（1978）反而是站穩女性主體性的立場、肯定生殖力並建構女性中心的家庭與親屬關係。90年代後津島佑子更有意識地進行語言的實驗，一千七百多頁的《火之山——山猴記》（1996）在明治維新後百年史的背景中，她運用手記、日記、電話、著述引文等跨文體互涉，交織變換多元敘述視角。[17]她書寫的議題不斷擴展，從

---

[15] 以上三篇俱收入笙野賴子著，竺家榮、王建新譯《無盡的噩夢》。

[16] 多和田葉子著，于榮勝、翁家慧譯，《三人關係》（北京：中國文聯出版社，2001）。

[17] 關於津島佑子創作及相異於其她女作家的評論，可參見劉春英，《日本女性文學史》（北京：商務印書館，2012），328-334。

《微笑的狼》（2000）對日本社會歷史的批判，到回顧反思日本殖民與父權暴力的《太過野蠻的》（2008）。[18]或許津島的寫作趨勢正透露著新世紀日本女性書寫從內向性轉向宏大論述的可能。

（2）台灣

台灣的當代女性文學發展跟日本女性文學的軌跡有些類似，同樣是80年代女作家群聲勢大漲，詩、散文、小說甚至於通俗文學類型都人才濟濟，90年代達到質量俱佳。但是在內向性的挖掘不若日本姊妹們的鞭辟入裡，反倒對宏大論述的詰質、介入與重構表現積極優異。台灣80年代的女作家們開始受到注目肇始於連續在主要媒體的文學獎項中脫穎而出，她們的文本多是談論女性的人際關係、情愛與婚姻與事業的抉擇、新舊社會文化中女性的定位等切身的問題。她們檢視種種所謂女性的美德，對情欲和身體的自主多所觸及。她們的小說從個人情愛的審視起步，側寫出女性面對時代轉型時的焦慮與摸索，獲得廣大讀者的迴響。然而我們若是拿一般認為是這波女性小說中較為尖銳的幾篇比較同時期的日本文學，例如同樣

---

[18] 津島佑子著，竺家榮譯，《微笑的狼》（北京：中國文聯出版社，2001）；津島佑子著，吳佩珍譯，《太過野蠻的》（台北：印刻，2011）。

發表於1980年同樣描寫女性追求（情欲）自主的袁瓊瓊的〈自己的天空〉和富岡多惠子〈稻草狗〉，或是廖輝英書寫母女情結的〈油麻菜籽〉（1982）之於高橋多佳子70年代的〈相似形〉，台灣女作家總是顯得欲言又止。最不畏爭議、勇於曝露父權結構性問題的當推李昂的〈殺夫〉（1983）。這部小說揭示父系社會中買賣女性的交換經濟和家庭性/暴力，食色交易鏈對女性的箝制與壓榨，批判傳統論述與價值體系中對女性的剝削和壓抑，堪稱80年代女性主義小說的代表之作。

台灣女性文學從80年代後期開始轉向形式實驗和大論述主題。隨著台灣1987年的解嚴，之前的政治禁忌不再是書寫的忌諱，而且台灣的國家和國際定位跟族群的認同危機也日漸浮上檯面。90年代的台灣女性雖然還是圍繞著女性主體的議題，但是已經強調差異化的主體認識。內容上，情欲取代愛情，成為90年代女性文學的關鍵題材。兩性關係往往牽涉到複雜的互文性指涉，側寫公共領域裡熱議的國族、族群、性向、認同、論述與權力等。有的直接參與大敘述，書寫歷史中的女性或者女性的歷史，家族史與大河小說此起彼落。形式上則走向實驗敘述的開發。幾乎所有在80年代嶄露頭角而能受到90年代學院青睞的女作家不約而同都走小說技術的開發。最開始熱中實驗技巧的也許要屬平路的《五印封緘》（1988）、《台灣奇蹟》（1989），翻新寫實主義小說模式，將女性主義與後

設、科幻陶鑄一爐,入侵男性獨霸的書寫傳統與議題,影射台灣解嚴前後社會與政治混亂虛無的狀態。〈百齡箋〉(1997)和《行道天涯》(1994)將純潔崇高的國母還原為具有七情六慾的女人,細膩地把女性情慾、心理等私密問題滲透到以男性掛帥的歷史敘述傳統。朱天文原本謹守寫實細描著女性心事,90年代文風丕變,感官瑣碎地敘述出另類、邊緣、頹廢而旖旎的《世紀末的華麗》(1992),《荒人手記》(1994)則以頹廢美學抒發同志情慾。朱天心的《想我眷村的兄弟們》(1992)、《古都》(1997)抗拒當代權變裡的族群論述和家國想像。施叔青的香港三部曲以女性的百年經歷見證香港殖民史,2000年以後更陸續完成台灣三部曲。李昂《迷園》(1991)、《北港香爐人人插》(1997)和《自傳の小說》(2000)或是從女性視角上反思台灣政治與歷史,或者結合民俗傳說與各種論述建構的女性對於國家歷史想像的詮釋權。邱妙津的《鱷魚手記》(1994)《蒙馬特遺書》(1996)描繪女同性戀的愛慾糾葛、徬徨與渴望,問世幾年後即成女同志文學中的經典。繼起的陳雪有過之無不及,形形色色的女性情慾或斷傷在《惡女書》(1995)、《惡魔的女兒》等坦然地展現。鍾文音的《女島紀行》(1998)《在河左岸》(2003)赤裸託出母女間相依相斥的齟齬,以及南部鄉村遷移到台北都會的城鄉差異。2000年後同樣加入書寫台灣百年物語的大河小說行

列。[19]

　　從80年代到90年代二十年的發展，台灣女作家不論在私領域與公共論述、題材與形式都已有多元豐厚的表現。女性文學已經變成台灣文壇的主導勢力，在台灣文學史裡的重要地位已無庸置疑。[20]而她們建造完成里程碑卻有如築起了一道短期間難以逾越的文學高牆，後起的年輕女作家雖然也陸陸續續有令人期待的作品，但是整體的質量已顯露疲態。當代台灣女性文學的黃金盛世暫時告一個段落。

（3）韓國

　　當代韓國女性小說的盛行相較於日台女性文學起步略晚。二戰後的韓國文壇誠然每一個世代都有優秀的女作家參與，例如50年代的朴景利、60年代的吳貞姬、70年代的朴婉緒、80年代的金知原和梁貴子等。[21]但是由於戰後韓國處於南

---

[19] 台灣女性小說的細部分析，參見拙著，〈由愛出走：八、九〇年代女性小說〉，《眾裏尋她——台灣女性小說縱論》（台北：麥田出版社，2002），151-188。

[20] 例如陳芳明的《台灣新文學史》中就有兩章討論女性文學的專論，見陳芳明，《台灣新文學史》（台北：聯經出版社，2011）。其他專論台灣女性文學的論著亦已不勝枚舉。

[21] 早期相關的女作家作品與介紹可參考，*Words of Farewell: Stories by Korean Women Writers/Kang Sok-kyong, Kim Chi-won, and O Chong-hui*, translated by Bruce and Ju-chan Fulton (Seattle: Seal Press, 1989); Bruce and Ju-chan Fulton edited and trans., *Wayfarer: New Fiction by Korean Women Writers* (Seattle: Women in Translation, 1997).

北分裂、國內政治不僅威權統治而且軍事政變衝突頻繁的緊張狀態,女作家的文本關注的多為國家民族的時代環境,是偏向人道主義式關懷的女性文學。一般來說,女性作家人數激增,而且性別意識抬頭的時期要等到了90年代以後了。

90年代韓國的民主體制穩定,經濟上也加速國際化和跨國資本主義的成長,加上女性高等教育的長期養成,使得女性在勞動市場、社會和政治參與的人口和地位明顯的提高。[22]當文學不再需要承擔社會改革的沉重使命時,主流文風也慢慢產生質變。「傳統的共同體意識逐漸被個人意識取代,寫作同樣像發現新大陸一樣開始執著地探索人類的精神世界,而宏大敘事的解體和個人慾望的噴發,也得使90年代的文學創作異彩紛呈。」[23]此後延續迄今的主要文學傾向有三點,一是偏向個人性和日常性的題材,第二則是被壓抑或隱匿的慾望的抬頭,最後也是最重要的是女性自我認同的追求。[24]就如同日本和台灣文學發展,類似的大環境往往提供了女性文學崛起的時機,而女性文學的興起更確立如此的文學走向。韓國女性文學開始受到主流文壇的注意和爭議的引線,同樣是因為女性作家開始勇

---

[22] 參見,河日英愛,〈當代韓國女性參與政治社會活動的研究〉,《亞洲研究》53(2006年7月):57-85。

[23] 金冉,〈通過小說閱讀韓國的精神文化史(譯序)〉,金承鈺等著,金冉譯,《韓國現代小說選》,9。

[24] 詳見崔末順,〈當代韓國文壇和主要作家〉,《文學台灣》66(2008年4月):9。

奪90年代以迄的各大文學獎項並在文學市場上受到歡迎，她們的作品同樣也被少數男性批評家貶抑為軟性的次級品並且如此的文學現象感到憂心。[25]

申京淑、金仁淑、殷熙耕和孔枝泳可以說是這個世代女性小說家的代表。申京淑80年代中踏入文壇，90年代以後接連囊括韓國國內各大重要的文學獎項，2008年的《請照顧我媽媽》不僅在韓國銷售逾一百五十萬本、二十多國翻譯、英譯本竟然登上美國暢銷書排行榜，並且榮獲第五屆亞洲英仕曼文學獎。[26]她的小說例如《深深的憂傷》（1994）《單人房》（1995）《紫羅蘭》（2001）《鐘聲》（2003）刻劃都會女性們傷疤累累的孤單身影，她們對自我的忠實或堅持導致她們與周遭的人際和環境產生疏離感，包括家庭或兩性關係。[27]這些多來自鄉下而後在都市求學或謀生的女主角，特別敏感於現代社會型態裡親密關係的難以維繫，記憶中原鄉的風景與人情成為她們託寓情懷的夢土，雖然它往往正是女性成長中傷害與孤

---

[25] 參見曾天富，〈孤立化社會的因應：申京淑與殷熙耕女性小說的自我認同〉，《女學學誌》24（2007年12月）：20。

[26] 申京淑著，薛舟、徐麗紅譯，《請照顧我媽媽》（台北：圓神，2011）。

[27] 申京淑著，徐麗紅譯《深深的憂傷》（北京：人民文學出版社，2012）；申京淑著，薛舟、徐麗紅譯，《單人房》（北京：人民文學出版社，2006）；申京淑著，許連順譯《紫羅蘭》（北京：人民文學出版社，2012）；申京淑著，徐麗紅譯《鐘聲》（廣州：花城出版社，2004）。

絕發生的原點。在某些小說中，申京淑還從這些女性的個人經歷中偷渡了韓國政治與歷史的傷痕，例如《單人房》裡敘述了70年代末、80年代初的勞工運動以及官方隨之而來的一連串武力鎮壓；《哪裡傳來找我的電話鈴聲》（2010）則是透過四個大學生被粉碎的青春歲月側寫了80年代的學生運動，控訴了韓國近代史上屠殺最多抗議學生的光州事件對這個世代烙下的無法挽回的創傷。[28]殷熙耕的《鳥的禮物》（1996）同樣經由一個鄉村十二歲的小女孩觀看身邊女性親友在戀愛結婚路途上的跌撞挫敗，嘲弄成人世界的欺瞞與背叛，一方面又從這個偏鄉的餘波漣漪中約略領受60年代韓國軍事政變、越戰、南北韓對峙的時代動盪。[29]金仁淑同樣著墨中產女性的疏離感以及描寫性、身體與慾望等議題，質疑婚姻制度和社會價值規範，〈躺在岩石上〉〈建校紀念日〉〈給遊戲的人〉對於女性在婚姻關係中的無聊與遐想皆有生動深入的刻劃。[30]另外一篇得獎名作〈海與蝴蝶〉以兩個女子做對比。一個是在經濟壓力下與丈夫婚姻出現危機的韓國女性，為了逃避現實，她帶著小孩來到年輕學運時期革命理想的國度——中國。另一個則是住在

---

[28]　申京淑著，薛舟、徐麗紅譯，《哪裡傳來找我的電話鈴聲》（北京：人民文學出版社，2011）。

[29]　殷熙耕著，朴正元、房曉霞譯，《鳥的禮物》（北京：人民文學出版社，2007）。

[30]　以上三篇俱收入金仁淑著，薛舟、徐麗紅譯，《等待銅管樂隊》（廣州：花城出版社，2004）。

中國的朝鮮族女性，她的母親非法居留韓國，不惜把女兒嫁給一個貧窮的老頭只要能把她帶來居住在物質生活優渥的韓國，而她對此安排也欣然接受。在一切向前看的資本主義的世界中，情感、理念、國籍和祖國都不再重要了。女性就像單薄的蝴蝶，只能不斷鼓動自己的羽翼飛行在國境之外無際的大海。[31] 親身參與過學生運動的金仁淑，透過這篇小說對民族主義與女性的關係提出深沉的省思。另一位學運世代的孔枝泳，除了將學運經驗寫入《鯖魚》（2006），《我們的幸福時光》（2005）、《熔爐》（2009）也不斷挑戰關於死刑和性侵等社會問題。[32]

　　整體說來，韓國的女性文學還是偏向女性社會問題的探討，或是站在女性的立場上觀察檢討韓國社會的種種現象。雖然討論女性的性、身體、慾望和主體性的題材不少，但是尺度較為含蓄保守；對於兩性關係和性別政治的批評雖不間斷，似乎還未對父權理體的結構性問題展開深入的全面性檢視。相較於日本與台灣姊妹們的猛烈砲火與百無禁忌，韓國女性文學至今仍顯得溫柔敦厚。比較特殊的是，相較於其他兩國濃厚的都

---

[31] 金仁淑著，〈海與蝴蝶〉，收入金承鈺等著，金冉譯，《韓國現代小說選》，235-262。

[32] 孔枝泳著，楊成建譯，《鯖魚》（南昌：二十一世紀，2010）；孔枝泳著，邱敏瑤譯，《我們的幸福時光》（台北：麥田，2013）；孔枝泳著，張琪惠譯《熔爐》（台北：麥田，2012）。

會白領取向，韓國女性文學對於勞動階級的描寫較多，對於鄉村生活的眷戀偏愛也最高。許多國別女性文學對所謂傳統價值或民族文化通常採取著一種保持距離的態度，甚至不留餘地的抨擊，韓國女性小說卻時而流露出某種懷舊的情愫。或許這正是當代韓國女性文學的特色；或許，這預告著未來韓國女作家還有很大的造反空間。

3. 結語

台日韓的女性菁英並沒有在彼此觀摩學習中發展，然而我們卻可以從上述的簡略回顧中看到類似的軌跡。日本跟韓國都是女性主義運動先打頭陣、女性文學接續崛起，台灣則約莫同時並起。知識女性——在社運和文壇——的興起，都是在物質條件相對富裕而當地主導論述在轉型中出現鬆動裂縫的階段。女性文學的發聲，一方面是因應歷史環境中個體跟集體的需求，另一方面卻也是本國文學脈絡下的時代產物。因此即使受到類似的西方女性主義運動與論述的啟發，她們文本關注的重點與敘事特色還是呼應了各自的語境。受制於有限的學力，筆者只能倚賴中英文的研究資料以及文學翻譯來認識日韓女性文學，既無法也不敢企圖對台日韓當代女性小說提出全面而客觀的學術洞見。本篇論文或許只稱得上是個人閱讀心得中

初淺的印象式感受。我認為，日本女性小說對個人心理原欲和家族倫理的直面剖析冷酷深刻，台灣女性文學在宏大論述的解構和建構上成績斐然，而韓國女性文學偏重社會關懷，對現代與傳統、個人與社會抱持兼容並蓄的（曖昧）態度。至於這些文學特徵與各自社會文學脈絡的對話關係是什麼、台日韓女作家個別或集體間更細緻的異同，以及類似的女性議題如何在不同地域呈現，留待有志能士進一步後續的比較爬梳。

日本戰後文學與女性書寫[1]

吳佩珍

國立政治大學台灣文學研究所副教授

1. 日本戰後狀況與文壇復甦：1945~1950年

1945年（昭和20年）8月6日美國在廣島投下原子彈，造成約十四萬人死亡，8月8日，蘇聯宣布參戰。8月9日，緊接著第二顆原子彈在長崎投下，造成七萬人死亡。同年8月15日，昭和天皇透過玉音放送，宣布日本戰敗投降。緊接著日本由遠東盟軍接管，麥克阿瑟為盟軍最高統帥，在東京成立盟軍司令官總司令部（General Headquarters，通稱為GHQ），發布「言論新聞自由備忘錄」，開始對日本媒體進行檢閱以及報導規制。同年10月，麥克阿瑟針對民主化，發出五大改革聲明：

---

[1] 本文最初成文目的主要為2014年11月21~22日於政治大學台灣文學研究所舉行的「台日韓跨國女性作家研討會」而撰寫，因此日本戰後的女性書寫介紹的範圍，設定自戰後到此次與會的二位日本作家、津島佑子與松浦理英子進入文壇的1970年代為止。會後的改寫作業，主要針對二位女作家目前的最新動向與最新作品，進行介紹與增補。

「女性解放、勞動工會組成獎勵、學校教育的民主化、撤廢祕密審問司法制度、經濟制度的民主化」。同年12月則公布女性參政權。1946年1月1日天皇發表人間宣言，同年4月開始，GHQ啟動對軍國主義者從公職追放、以及超國家主義者的解散旨令，對戰爭犯罪者的斷然處罰。同時進行農地改革，以及賦予滿二十歲以上的男女選舉權。此外，也承認日本共產黨以合法政黨進行組織。在戰前以及戰爭時期可說是革命行為的民主改革在此時都得以實踐。

1946年4月的總選舉，有39位女性議員誕生。同年5月23日東京審判（遠東國際軍事審判）開庭，11月3日公布以主權在民、象徵天皇以及放棄戰爭為主軸的「日本國憲法」。雖然混亂以及糧食缺乏的狀況繼續蔓延，但思想以及表現的自由已經成為被認知的普遍價值。無論男女，在法律的保護之下，國民擁有自由與平等。這時正面臨長久以來，持續追求，同時抗爭的夢想，即將實現的時機到來[2]。然而這樣的民主革命，在1947年禁止同時壓制二‧一集體工運時，早早便受到了阻礙。1949年相繼發生下山、三鷹、松川事件，GHQ下令肅清共產主義份子（red purge），民主革命終於隨著1950年6月韓戰的爆發，畫上休止符。警察預備隊令實施，隔年9月簽定對日講和

---

[2]　尾形明子等編〈解說〉《戰後の出發と女性文學》第一卷（ゆまに書房、2003年），頁1~6。

條約，日本得以獨立的同時，同日也簽訂了美日安保條約。1952年發生「血腥勞動節」（血のメーデー），開始實施破壞活動防止法，民主改革倒退。

昭和20年代（1945~1955）正可說是風起雲湧的劇變期，此時時代背景以及實施的改革與法令，與女性相關事項如下。除了上述所提及的麥克阿瑟對日本政策的五大改革所包含的女性解放以及女性參政權之外，也選出了日本有史以來，最初的女性議員。日本大正時期以來，女性便開始爭取參政權以及選舉權，但長久以來受到壓抑與漠視，未能成功，但在戰後美軍接管日本之後，得以一舉實現。1945年8月，內務省指示全國警察設置專門以佔領軍為對象的慰安設施，隔年1月由GHQ撤廢承認公娼的所有法規。這樣的結果讓街娼增加，實際上，一直到1957年實施賣春防止法為止，紅線以及藍線等買春、賣春的合法以及非合法區域一直持續存在[3]。1947年3月教育基本法公布，男女共學・女性的高等教育機關開放，10月廢止不敬罪以及通姦罪，隔年9月公布優生保護法，緩和了人工流產的規制。至今為止箝制女性的束縛與不平等的條件，可說是獲得整體的解放[4]。

---

[3] 依據此GHQ撤廢承認公娼法規後，紅線為警察默認的賣春進行地帶，而藍線則為非法賣春區。

[4] 尾形明子等編〈『戰後の出發と女性文學』刊行にあたって〉《戰後の出發と女性文學》第一卷（ゆまに書房、2003年）頁1~2。

綜觀日本戰後的文壇狀況，首先最為人所注目的，是老作家的復活。如谷崎潤一郎完成其於戰時被禁止連載的《細雪》，志賀直哉以及永井荷風都陸續發表新作，顯示其創作力依舊健在。此外，文藝雜誌相繼的復刊、創刊，不僅顯示戰後民眾由長久以來言論以及報導自由的規制得到解放，對於書本、雜誌等讀物的需求，也反映了媒體的熱絡狀況。趁此時期登場的，則是被稱為新戲作派或被無賴派的作家。有織田作之助、太宰治以及坂口安吾等。此派的特徵在於反抗既成道德以及既成的自然主義式的寫實主義，主張自虐、頹廢的人生樣式。最具代表性的，乃坂口安吾的《白痴》（1946）以及《墮落論》（1946）。戰前對於物質以及慾望的壓抑，在戰後獲得解放，坂口安吾的《墮落論》對於自利私慾的一種肯定，甚至是讚美論的主張，不僅是反對既有道德，其所謂的「墮落」的真義為企圖破壞既有規範道德的制度，同時重新建構新道德[5]。

另一波受到矚目以及期待的，則是以舊普羅文學作家為中心的民主主義作家。戰爭時期，被迫保持緘默的普羅文學者們，1945年以宮本百合子、中野重治、藏原惟人為中心，組成了新日本文學會。隔年《新日本文學》打著民主主義的旗幟

---

[5] 井口時男、中川成美等〈座談会：堕落というモラル──敗戰後空間の再検討〉《「戰後」という制度》（インパクト出版会、2002年），頁5。此處引用川村湊發言。

創刊，同年《近代文學》創刊。在《近代文學》的支援下登
上文壇者，則是所謂的戰後派（アプレゲール）[6]。戰後派作
家的共通特徵，便是無論以任何既成的寫實主義，都難以捕捉
他們自己本身所體驗的黑暗的低潮時代，以及戰爭和敗戰經驗
的心理極限狀況。他們以新的文學方法描寫，企圖詰問自己的
存在價值以及生命樣式。戰後派包括所謂第一次戰後派的野間
宏、武田泰淳等，以及被稱為第二次戰後派的大岡昇平、島尾
敏雄、三島由紀夫、安部公房等。

　　戰後出現的第一波女作家，多為戰前軍國主義時期遭受
言論自由箝制乃至人身壓迫的普羅文學家，如佐多稻子、宮本
百合子以及平林泰子等。而其文學作品除了反映日本戰後社
會狀況以及問題之外，還對於女性如何迎接戰後新時代的來
臨，發揮啟蒙作用。就戰後當時所討論的女性問題叢書，我
們便可一窺戰後社會與女性議題的關係。如1946年村岡花子編
著的《送給新日本的女性》（新日本の女性に贈る）以及1950
年帶刀貞代編輯的《現代女性十二講》。《送給新日本的女
性》包含了給職業婦女的案內書、戀愛與結婚，以及象徵戰後

---

[6] 「戰後派」（アプレゲール，après-guerre），原來指的是法國一戰後
的藝術興起的新傾向，在日本，則指二戰後如中村真一郎以及野間宏
等戰後文學派。另一意則指日本戰後不受因襲思想與道德而行動的年
輕人。如黑澤明1949年的《野良犬》，其中奪槍殺警的復員兵，緊接
著犯下一連串強盜殺人罪行的遊佐，也被稱為「アプレゲール」。

實質女權的「女性參政權」的介紹。從內容我們可發現，由戰時的軍國主義到戰後的新民主主義，其中意識型態與價值觀有著一百八十度的轉變，也因此戰後的女性如何面對新民主主義的時代，以上的案內書可說是扮演了啟蒙的角色。而《現代女性十二講》以十二個女性的議題為主，各自邀請女性運動家以及作家執筆，內容則呼應日本女性在日本戰後生活所遭遇的實質問題與困難。其中沼鷺登美枝「街頭的女人」（街の女）、櫛田吹（櫛田フキ）「未亡人該如何活下去？」（未亡人はどう生きるか）以及宮本百合子「戰爭奪走了我們的一切」（戦争はわたしたちからすべてを奪ふ）所討論的女性問題，可視為日本戰後社會問題的縮影。沼鷺登美枝「街頭的女人」的開頭首先便指出「戰後社會的街頭現象在我們眼中留下強烈印象的，是街娼與流浪兒的身影。以焦土的瓦礫為背景所浮現的街頭女人與流浪兒無處可去的身影，是戰爭罪惡所壓榨出的雙胞胎影像」[7]。而日本的十五年戰爭導致大量戰鬥兵員傷亡，同時也製造了大量的未亡人。此文指出，據1950年的日本厚生省統計，當時日本未亡人高達一百八十多萬人之多，而其中沒有孩子的，僅佔百分之11.6[8]。也因此此中對於未

---

[7] 帶刀貞代等監修〈街の女〉《現代女性十二講》，頁163。收錄於《時代が求めた「女性像」》第二卷（ゆまに書房，2012〔2010〕年）

[8] 帶刀貞代等監修〈未亡人はどう生きるか〉《現代女性十二講》，頁181。

亡人的工作問題、母子家庭的教育問題以及再婚問題有深入的討論。宮本百合子的「戰爭奪走了我們所有的一切」可說是《現代女性十二講》的總結。除了呼籲日本女性問題與日本全體的幸福休戚與共，同時也須正視戰後的女性問題多由戰爭所引發之外，如何杜絕戰爭，不僅是日本的責任，也是維持世界和平方式的現實問題。

戰後第一波女性作家中最受注目者，可說是宮本百合子。宮本被視作時代的良心以及卓越的見識的化身，1946年所發表的《播州平野》與《風知草》，其中便充滿著啟蒙的意識[9]。追溯其生涯對婚姻、性、社會議題的《兩個庭院》（二つの庭，1947）也可說是啟蒙意識濃厚的女性教養小說。此外，回顧日本戰時以及反映戰後日本社會女性議題者，如大田洋子，以其遭受原子彈攻擊而「被爆」的經驗，以及遭受原子彈攻擊之後，屍骸累累的廣島為題材創作的《屍骸的街道》（屍の街，1948）及之後原爆題材相關的系列作品，與原民喜的《夏之花》（1947）同為日本原爆文學的先驅[10]。戰前與戰時都極為活躍的林芙美子，戰後的《浮雲》（1949~1950）則

---

[9]　本多秋五《物語戰後文學史》（上），（岩波書店，1994年），頁12。
[10]　大田洋子為《女人藝術》同人，1946年8月6日在故鄉廣島遭受原子彈攻擊而受傷。在原爆症隨時會發作的威脅下，從1945年8月底開始至秋天創作《屍の街》。為躲避GHQ檢閱，1948年出版刪減版，之後在1950年才出版完整版。參照黑谷一夫〈解說「真晝の情熱」〉《戰後の出發と女性文學》第十五卷（ゆまに書房、2003年），頁1~2。

以女主人公幸子與日本官僚富岡的愛恨糾葛為主軸，時空橫跨戰前戰後的日本，突顯日本的殖民地、戰後潘潘（panpan）問題[11]以及新興宗教等問題。

2. 新民主主義敗北與「才女」作家世代登場：1950年代

隨著1950年韓戰爆發，美國杜魯門為避免美國捲入第三次世界大戰，以不服從為由，於1951年4月解除了主張對中國採強硬軍事策略的麥克阿瑟其遠東盟軍最高統帥的職務。也因此契機，日本的舊保守勢力復活，再度走向軍事化。而1951年9月簽訂舊金山和平條約以及美日安保條約，1952年4月28日，美國占領期宣告終止，日本正式脫離了美國形同殖民地的統治，回復了主權。表面上看來日本似乎透過此條約，從戰後的殖民地狀態獲得解放，但實質上卻成為美國的附庸，無論在軍備面或是經濟面都被編入美國的保護傘下。同時在美國「核武之傘」下，再度步入軍備之路，日本整體必須繼續維持美軍基地以及美軍進駐的設施。同時沖繩以及由蘇聯支配的北海道以

---

[11] ジョン・ダワー《敗北を抱きしめて》（上），（岩波書店，2010〔2004〕年），頁148~158。以及參照吳佩珍《真杉靜枝與殖民地台灣》，（聯經出版，2013年）第七章〈日本帝國崩壞與美國霸權君臨〉。

北諸島之問題均懸而未決。三天後的1952年5月1日的勞動節，反對日本單獨講和以及美日軍事同盟的約六千名示威者，與五千名的警察在皇居廣場發生嚴重衝突。示威者有兩人死亡，警民雙方傷者達千人以上[12]。1955年吉田茂主導的自由黨以及鳩山一郎的民主黨結合成為自由民主黨，之後自民黨完全掌握日本政權，而在野黨只扮演牽制角色的「五五年體制」正式成立，這可說是因應美國勢力而生的產物[13]。

　　1959年民間組成阻止安保條約改定國民會議，各地陸續發生阻止改定安保條約行動。但1960年仍在自民黨的強行主導下，強行通過新安保條約，讓條約自動生效。在這樣的環境下，日本政府全面朝高度經濟成長推進。電視與週刊、雜誌的高度成長，滲透至全國。這樣的都市化以及大眾社會化也反映於文學。1950年代前期，第三新人登場。與戰後派作家形成強烈對照的是，其主要的特徵在於與日常生活緊密連結以及在大眾社會化中，企圖尋找迷失於其中的個人。此世代的作家有吉行淳之介、小島信夫、遠藤周作以及曾野綾子。而1950年代後期，則有石原慎太郎、大江健三郎以及開高健等。

[12] ジョン・ダワー〈エピローグ〉《敗北を抱きしめて》（下），（岩波書店，2010〔2004〕年），頁369~397。

[13] 小森陽一・成田龍一編〈五五年体制〉《戦後日本シタディーズ》（2），（紀伊國屋書店，2009年）。

石原慎太郎的《太陽的季節》（1955）以處於戰後懷抱虛無主義的青年為主題，引領所謂的「太陽族」風潮，而大江健三郎的《飼育》（1958）則以美日戰爭時被日本的荒村人們所俘虜的美國黑人士兵為主題，呈現戰時人們的心理以及人種問題。二作深刻表現日本戰時以及戰後社會的氛圍，各自獲得第34回以及第39回芥川獎[14]。在媒體快速發展的風潮下，出現了所謂的「主婦作家」以及「素人作家」的流行語，這是因為既成作家的作品已經無法滿足讀者，而媒體也傾向將素人的作品提供給讀者。在這樣的時代氛圍下，作家重新被認定為是被製造同時被消費的存在。此外，出版界也因為戰後出版社毫無節制地如雨後春筍般的出現，在1950年代面臨重新編制的挑戰。出版社以及文壇為了發掘新人，1953年~1961年之間設立了諸多以新人獎為中心的文學獎。其中較重要的獎項包含新潮社文學獎、文學界新人獎、中央公論新人獎、群像新人獎、女流新人獎、田村俊子文學獎、女流文學獎等。也因為這樣的關係，作家可能來自各個領域以及各個年齡層。「業餘作家」的抬頭應可說是戰後文壇的特徵，而這樣的「業餘性」也引發了既成作家的反彈。而在這波大眾媒體主義擴張的浪潮中，1957年的

---

[14] 犬養廉等監修《詳解：日本文學史》，（桐原書店，2004〔1986〕年），頁175~178。

流行語「才女」也成為這波戰後新世代女作家的代名詞[15]。

在戰後新民主主義的改革下，剛從1949年新改制大學畢業的年輕女性作家，被稱為「才女」[16]。而名符其實所謂的「才女」，也就是年輕新人女作家其實力受到肯定，是當曾野綾子、有吉佐和子、原田康子各自創作出話題作的《遠來的客人們》（遠来の客たち，《三田文學》1954年4月，芥川獎候選作品）、《地歌》（地唄，《文學界》1956年1月，芥川獎候選作品）以及《輓歌》（挽歌，1956年12月，女流文學獎得獎作品），驚艷文壇時。特別是《輓歌》，為1957年暢銷榜首，銷售超過70萬部。作者原田康子則是居住於具異國風情的北海道釧路的文壇新人。因此而讓出版界的新人爭奪戰更加激烈。這世代的女作家與前一世代的宮本百合子、林芙美子以及佐多稻子和圓地文子可說是完全不同。臼井吉見於1957年，就此「才女」作家世代，作出如下的評論。「經過戰後的混亂期，不可能到現在才只憑女人「沉淪」的經驗，創作成為文學作品。取代貧窮、疾病以及在男性問題上挫折的經驗，前記的新女性小說家們的共通點是以一種才氣來填補（中略）這二、三位女小說家，並非是如之前的女作家般，依賴敗北

---

[15] 羽矢みずき〈〈才女〉時代：戰後十年目の旗手たち〉《リブという〈革命〉》（インパクト出版会、2003年），頁86~88。
[16] 此時代的「才女」稱謂，始自臼井吉見。同前註。

041

者、弱者以及被害者的體驗，而是憑藉自己的才氣進入文學世界。然而這事實，並非如世間所思考般單純。隨著日本社會女性地位的變化，應該也突顯了日本小說性格的變化。」[17]由此處的敘述可知至今為止的女性文學，是由描寫身邊生活體驗的私小說框架所誕生。相對於此的，則是與戰後的世界變化連動，作品取材自廣泛範疇世界，朝新文學的方向產生變化[18]。特別是曾野與有吉，二人是具有傑出才能的作家，這成為無可置疑的評價。

　　曾野綾子1954年的《遠來的客人們》，描寫在一家美軍所接收的旅館工作的十九歲少女，其敏銳的觀察，捕捉美國軍人、一般平民以及與美軍相關的日本人們的生活，描繪出日本敗戰後的特有風俗。此外，從登場人物關係性也能讀解其中複雜的政治力學。有吉佐和子1956年的《地歌》則描寫誕生於傳統藝能家庭，理應繼承家業的女主人公，在被父親斷絕關係的同時，與美國人日裔二世結婚後赴美的故事。以瞬息萬變的敗戰後的日本社會，年輕世代面對繼承傳統，同時也須讓傳統復甦的困難為題材。二人之後都成為重量級作家，從以上的處女作便可明白看出，二人出道之初，各自都已尖銳地反映出日本

---

[17] 白井吉見〈才女時代の到来：女小説家の変遷〉《産経時事》（1957年5月9日），轉引自羽矢みずき〈〈才女〉時代：戦後十年目の旗手たち〉《リブという〈革命〉》（インパクト出版会、2003年），頁89~90。
[18] 同前註。

當時的社會性與政治性。

此外，原田康子1956年《輓歌》的女主人公伶子其徹底的利己主義（egoism），貫徹自我的人生態度以及感性先於論理的行動樣式，引起讀者的普遍共鳴。讀者之所以對這樣的戰後女性形象產生共鳴，可推測是受到已譯介到日本的法國女作家莎岡（Françoise Sagan）的諸多作品以及西蒙・波娃（Simone de Beauvoir）《第二性》的影響。以上的法國女性作家的著作進入日本之後，也引領同時代日本逐漸生根的女性性解放風潮。[19]日本分別在1955年以及1956年譯介了莎岡的《日安憂鬱》以及《某種微笑》，象徵女主人公行動原理者可說是「被解放女性」的形象。1952年村岡花子譯介蒙哥・瑪莉（Lucy Maud Montgomery）《紅髮安妮》（赤毛のアン，Anne of Green Gables）到日本，直至今日仍風迷許多女性讀者。女主人公安妮對自己命運與人生、職業、婚姻自主的形象，與戰後新女性應獨立自主的主張不謀而合，反映當時的時代性與戰後女性社會地位的變化[20]。

---

[19] 羽矢みずき〈〈才女〉時代：戰後十年目の旗手たち〉《リブという〈革命〉》（インパクト出版会，2003年），頁94。

[20] 台灣又譯為《清秀佳人》。2014年3月~9月日本國營電視台NHK上演晨間連續劇「花子與安妮」（花子とアン）便是譯者村岡花子如何從山梨縣佃農之女，苦讀成為名散文家與翻譯家的生涯故事。除了突顯村岡花子與安妮人生的重疊之處，村岡花子譯介《紅髮安妮》的另一層意義，則是希望藉著安妮的故事激勵戰後廢墟中的日本女性，能

3. 安保全共鬥世代與女性作家的性議題 書寫：1960年代

　　1960年代日本社會則進入所謂的安保鬥爭年代。在此時期，市民運動與學生運動也與安保鬥爭緊密結合，成為日本戰後社會運動最蓬勃發展的時期。1962年學生的反安保以及保護和平、民主主義的平民學連成立，1965年越南戰爭進入完全交戰狀態，1967年越南和平市民聯盟（べ平連）成立，第一次反越戰示威遊行開始。同年11月三里塚反對空港聯盟與三派全學連共同召開粉碎空港集會。1968年5月開始日大全學共鬥會議成立，6月15日東大青醫連70名成員佔據安田講堂，6月28日召開全學共鬥會議。1969年共產赤軍派成立，同年9月5日成立全國全共鬥聯合，有約三萬四千名集結於日比谷公園。而日本的女性解放運動也在1960年代後期隨之興起，特別是1968年法國巴黎學生運動「五月革命」之後，對政治議題的關心，開始轉向少數族群以及被壓抑者。而這對60年代末期的女性運動有了絕對的影響[21]。

奮力向上，獨立自主。此劇播出後，再度引發日本另一波的《紅髮安妮》風潮。

[21] 奧田曉子〈「根」をさぐる女性史論爭と叢生する地域女性史〉《リブという〈革命〉》（インパクト出版会、2003年），頁119。

　　在這樣風起雲湧的時代當中出現的女性作家，以多樣化的，特別是性欲（sexuality）議題書寫而登上文壇者，最受矚目。如河野多惠子、森茉莉、大庭美奈子等。而三浦綾子、倉橋由美子等也於1960年代出道。河野多惠子的作品世界經常聚焦作品人物「偏離的慾望」，其寫作多集中於「異常性慾」、「嗜虐／被虐」、「夫妻交換」等主題。河野是谷崎潤一郎的擁護者，深受其影響。1960年處女作《女偶操縱師》（女形遣い），描寫以藝術之名，人偶師吉田幸六以及其妻子二者嗜虐與被虐的倒錯關係。此作令人聯想起谷崎的《春琴抄》，但仍不脫模仿谷崎的文風。但1961年6月的《狩獵幼兒》（幼児狩り）獲得新潮社同人雜誌獎，正式登上文壇。此作聚焦於女主人公京子沉醉於誘拐男童同時予以施虐的幻想，其藉此確認自己身為「女人」的價值[22]。這篇作品可說是聚集了所有「偏差」的要素：厭惡女童、偏愛男童、喜被施虐、不孕。作品結尾，京子吃了一口含有男童唾液、汗垢與汗水的西瓜，「〔對晶子而言〕，只要有小男孩在，總是有無限健康的世界，覺得能淨化、同時還原自己」[23]。此篇小說也開

[22] 市古夏生等編「河野多惠子」《日本女性文學大事典》（日本図書センター，2006年），頁115~117。
[23] 種田和加子〈宙吊りの主体、その戦略—河野多惠子、高橋たか子〉《リブという〈革命〉》（インパクト出版会，2003年），頁128~133。

啟了河野文學的主題。透過倒錯的性慾與顛覆性別角色的書寫，確認女性主體性，可說是與開始啟動的1960年代的女性運動相互輝映。

日本大文豪森鷗外的掌上明珠森茉莉，年過五十歲後才開始提筆，正式踏入文壇。除了1950年代後期記錄與鷗外的回憶的隨筆集《父親的帽子》（父の帽子）外，1961年描寫美少年與中年男性的同性戀世界的《戀人們的森林》（恋人たちの森）獲得同年的田村俊子獎，在文壇確立其小說家的地位。隔年1962年發表同樣描寫少年愛世界的《枯葉的寢床》（枯葉の寢床）。森茉莉的小說主題主要描寫不受制社會規範的自由愛情，飄盪著歐式香氣的非日常同時具官能美的世界，其獨特的文風與作品世界獲得了狂熱的讀者的支持[24]，可說是今日少年愛書寫的元祖。

大庭美奈子1968年6月以《三隻螃蟹》同時獲得群像新人獎與芥川獎。原子彈攻擊廣島時，她正就讀廣島的高等女校。當時參與救援原爆受害者的經驗，不僅讓她見識到人間煉獄，也成為後來大庭文學的重要元素。獲獎當時，38歲的大庭美奈子，因丈夫工作關係，定居於美國阿拉斯加州錫特卡（Sitka）。《三隻螃蟹》的背景正是以定居美國的日本家庭主

---

[24] 市古夏生等編，大塚美保「森茉莉」《日本女性文學大事典》（日本図書センター，2006年），頁62~63。

婦為主人公,透過其隨性的性行動,描寫缺乏身分認同的女性,其日常性的焦躁以及對其產生的反動叛逆。此作品的出現,被視為「當時宛如起源自美國的女性解放的旋風在日本也正開始吹起,身為戰爭世代的女性,在詰問女性自立以及性的自由的同時,也對掠奪了所有男女人性的戰爭暴力性發出質問,承擔起宏偉的課題」[25]。

三浦綾子與1950年代的原田康子同樣出身北海道,對於戰時的軍國主義教育到戰後的新民主主義教育的意識型態轉換,無法適應,於是辭去小學教師。之後自暴自棄,因而患了肺結核,進入療養生活。結識了基督教徒三浦光世之後,結婚。三浦於1964年7月以《冰點》入選朝日新聞的千萬小說徵文,當時這篇以「基督教原罪」為主題的長篇小說引起極大迴響,掀起「冰點旋風」的社會現象[26]。

倉橋由美子1960年的《黨》(パルタイ)獲得第四屆明治大學校長獎之後,被文藝評論家平野謙評為「將革命運動底部深處的純粹性「具像化的作品」」[27]。之後連續轉載於《文學界》與《文藝春秋》,同年此作入圍芥川獎候選作品,同時獲得女流文學者獎。此作品被譽為「以祕密儀式般的語彙,表

[25] 市古夏生等編,江種滿子「大庭みな子」《日本女性文學大事典》(日本図書センター,2006年),頁62~63。
[26] 同前註,黑谷一夫「三浦綾子」項目,頁279~280。
[27] 同前註,清水良典「倉橋由美子」項目,頁104~105。

現與閉鎖的組織之間敏銳的感性式對立，帶給為安保鬥爭以及全學連運動的狂嵐狂掃而過的日本，巨大的衝擊」[28]。由此可知，倉橋此作中描繪的個人與組織之間的關係，蘊含當時社運、學運內面的矛盾與時代背景。

4. 女性解放運動世代與女性性別角色以及情慾的顛覆書寫：1970年代

繼1960年代的安保鬥爭，1970年代的學生運動越演越烈，又被稱為全共鬥時代。女性解放運動，所謂的「ウーマン・リブ」，也在1970年代正式揭開序幕。日本女性解放運動首次上街頭遊行，召開第一次大會，對「性別歧視」展開告發，是在1970年。之後的運動，便朝向揭櫫「生・不生是女性的自由」等主張，抨擊母性幻想的同時，開始為獲得性的自我決定權而奮鬥。1972年成立「解放中心」（リブセンター），1974年受美國女性研究（women's liberation）影響，日本女性學也從這年開始。1977年《思想與科學》開始連載「女性與天皇制」。此外因女性團體強烈希望能有「投奔寺」（駆け込み寺）的設施[29]，於是便開設東京都婦女諮商中心，一起與當事人的女

---

[28] 同前，頁105。

[29] 所謂「投奔寺」（駆け込み寺），原來是日本江戶時期想要離婚的人

性思考自立之道，並予以援助。同時地方自治體也相繼建設女性中心，設立國際女性學會。1978年開始女性學研究會。而1978年「不結婚的女人」這部女性電影的片名成為當年的流行語，西武百貨的廣告宣傳詞則是「女人的時代」。根據1984年的「離婚白皮書」，1968年以降，離婚已經連續16年創下最高紀錄。已婚女性中，職業婦女人數已經超過專職的家庭主婦，同時雇用勞動與家事勞動的雙重負擔，造成女性負擔過重的事實已經成為必須正視的問題。1985年，男女雇用平等法成立，雖然仍有許多缺失，但成為顛覆以性別為分擔基準的婚姻觀以及家庭觀的契機。1987年婦女問題企劃推進本部以「男女共同參加企劃型社會」為主題。隔年最高法院發表87年的協議離婚狀況，由妻子所提出者達七成。厚生省「有關單身者結婚觀的全國調查」中，希望晚婚者，女性達百分之八十八點五。1989年，受到上司性方面的名譽毀謗，因而被迫離職的女性向福岡地方法院提出告訴，成為日本第一起性騷擾的裁判[30]。

1970年代正式進入文壇的女性作家有森瑤子、增田美瑞子（增田みず子）、津島佑子與松浦理英子。雖然都在70年代出

妻，只要逃進寺裡滿三年，便能獲准離婚特權的尼寺，又稱「斷緣寺」（緣切り寺）。參照Japan Knowledge「駆け込み寺」項目。

[30] 長谷川啓〈セクシュアリティ表現の開花—フェミニズムの時代と森瑤子・津島佑子・山田詠美〉《リブという〈革命〉》（インパクト出版会、2003年），頁102~104。

道，森瑤子比增田與津島年長，屬於60年代的安保世代，同時
被譽為在女性主義最閃耀的時代突然誕生的作家。森瑤子生於
1940年，在廣告代理店工作時因職場的過度保護以及性別歧視
問題而感到困擾，之後便與英國男性結婚，育有三女。為了
證明自己的存在感，因而開始提筆創作。1978年以《情事》獲
得第二屆昂（すばる）文學獎，正式踏入文壇。1979年的《誘
惑》及1980年的《忌妒》等作品的共通點，均以都會的夜晚、
異國婚姻、外國男性與人妻的戀愛為要素。構成其作品的基底
者，有與丈夫之間不美滿的關係，以及迷失根本自我的女性
的飢渴感與焦躁感[31]。長谷川啓指出，森瑤子所描繪的妻子形
象，是對近代婚姻、近代家族制度提出異議與抵抗，破壞賢妻
良母形象（支持外部的民主主義與內部的家父長制的分工式性
制度的雙重構造），企圖脫離性別角色者。從今日來看，森
瑤子可說是受到歐美電影影響的世代，其作品則是對近代家
族形成的夢想感到幻滅的親身經歷的女性證言。同時也如實
呈現當時正處於近代家族的地殼變動期，也就是朝向後現代變
化的交替期。

　　屬於戰後出生，全共鬪以及女性解放運動（ウーマン・
リブ）世代的津島佑子以及增田美瑞子的作品當中，以性別角

---

[31] 市古夏生等編，菅聡子「森瑤子」《日本女性文學大事典》（日本図
　　書センター，2006年），頁309~310。

色構成的近代家族：父親、母親、孩子的三角構圖，不僅已經完全稀薄化，作者還試圖反抗這些角色。另外，因為摒棄對男女關係的幻想，因此男性的存在感也越來越稀薄[32]。津島佑子在1967年時以安藝柚子的筆名首次在《文藝首都》發表《某個誕生》。1969年初次以津島佑子的筆名發表作品《鎮魂曲─為了狗與大人》（レクイエム─犬と大人のために），開始受到文壇矚目。之後1975年的《葎之母》獲得田村俊子獎，1978年的《寵兒》則獲得女流文學獎。津島同時試圖對非近代小說的「物語」以及非母性的「生殖的性」復權，持續地描寫單身母親。在《光的領域》（光の領分，1979，野間文藝新人獎）、《水府》（1982）以及《默市》（1984，川端康成文學獎）等作品中近代家族的三角構圖解體，家族成員由母與子構成。這與其成長於母子家庭以及個人人生的結婚、離婚經驗有極大關係。而津島個人的家族經驗：包括一歲時失去父親，成長於單親家庭以及唐氏症哥哥的早逝，也可說是與近代家族的理想構圖完全背道而馳[33]。

此外，其作品世界的男性對女性而言，只為了生殖目的

---

[32] 長谷川啓〈セクシュアリティ表現の開花─フェミニズムの時代と森瑤子・津島佑子・山田詠美〉《リブという〈革命〉》（インパクト出版会、2003年），頁111。

[33] 與那霸惠子〈作家ガイド　津島佑子〉《女性作家シリーズ19　津島佑子・金井美惠子・村田喜代子》（角川書店，1998年），頁446~448。

或是為了滿足性慾，連孩子的父親有時甚至都不是母親的伴侶。而生育孩子的女性形象，不是慈母也非賢母，有時對孩子甚至感到厭煩而有殺害的衝動。這樣「原初」的女性形象被鉗入了「生殖的性」的論述，例如《跑山的女人》（山を走る女，1980年）便是生根於這樣原初意涵的「生產的性」。其中描寫的單身母親，是有如不為社會制度所束縛的「帶子的山姥」，自然天成，強悍有力[34]。長谷川啓指出，津島佑子「生殖的性」的論述形成背後，是在全共鬥與女性解放運動時期度過青春期世代才有的特徵：對近代父權的詰問以及超越近代的志向。而津島的發想也是來自對近代的戀愛、結婚、母性的幻想的幻滅。

又，1970年代的女性作家性言說並不只局限於異性婚戀的框架，如松浦理英子。其《拇指P的修業時代》（1993年，三島由紀夫獎入圍作品）進一步擴展了性愛關係的次元。松浦理英子1978年在學時，即以《葬儀之日》出道，獲得文學界新人獎，同時入選芥川獎候選作品。從松浦理英子出道之後的創作軌跡來看，我們可知她對「人類／自然」、「女人／男人」、「被虐／嗜虐」、「陰道／陽具」並非是以個體對個體的二元對立框架來思考，而是以一種二者各自並列的樣式。雖

---

[34] 同前註，頁112。

然同樣使用的二元概念，但松浦理英子是以「差異」的並列來解構二元對立的結構。之後的作品如1981年《賽巴斯汀》（セバスチャン），以及1987年受到中上健次激賞，經中上特別推薦，成為三島由紀夫獎入圍作品的《女人本色》（ナチュナル・ウーマン），可見其描寫女同性戀者的「被虐／嗜虐」的戀愛關係，以及追求「自己不知是否是女人」以及「不規範自己是男性或女性的性別角色」的女性人物。因此，這樣的女同性戀者的設定，除了顛覆女性的戀愛對象是男性的異性戀本質結構之外，也具有解構女性與女性的性愛為「性器結合中心的性愛觀」的設定[35]。1993年的《拇指P的修業時代》的女主人公真野一實，是位22歲的異性戀者，某日右腳的大拇指突然變成陽具的形狀（拇指P），就在男友正夫深覺不愉快而打算將它切斷時，真野便逃了出來，開始拇指P的「性修業」。與那霸惠子認為此作品不僅「對通俗固定的性愛觀念以及以陽具與陰道為中心的性器式的性關係重新思考，更進一步返照社會制度中何謂「正常的事物」[36]。

---

[35] 與那霸惠子〈作家ガイド：松浦理英子〉《女性作家シリーズ21 山田詠美・增田みず子・松浦理英子・笙野賴子》（角川書店，1999年），頁460~462。

[36] 同前註。

5. 結語

　　今日與會的兩位日本女性作家津島佑子與松浦理英子的
作品可說是與日本女性解放運動全盛期的1970年代相互輝映。
二位作家出道之後直至今日，仍創作不輟。津島佑子的作品為
台灣讀者所熟悉者，當屬2012年中譯本於台灣問世的《太過野
蠻的》（2008）。此作品雖然以1930年代的台灣，特別是「霧
社事件」的記憶為背景，但此作品承襲了其70年代之後創作的
中心主軸，以對原始母系社會的幻想動搖了男性中心的民族國
家框架，巧妙的結合且呈現國家暴力對於殖民地、台灣原住民
所行使的男性原理與男性加諸女性的男性原理，突顯二者事
實上是同理可證的共犯關係。2010年12月為講談社創社一百週
年執筆的《黃金夢之歌》是探尋中亞吉爾吉斯的英雄敘事詩
〈馬那斯〉（Manas）的小說。我們可觀察到作者如何描寫在
旅行途中所遭遇的男性們，其身為「父親」的另一面。這也
讓我們察覺到對作者而言，「父親已經漸漸不再是禁忌的領
域」，「『父性』的書寫也變得容易」的現象。而這正與安藝
柚子時代的《某個誕生》（1967年）之後的作品，長期以來呈
現父親缺席的狀態，形成對照，也是津島近年作品相當顯著
的變化。2008年的《太過野蠻的》，2010年以滿洲引揚歷史為

主題的《葦舟,起飛了》(葦舟、飛んだ),和2013年發表於《群像》一月號的《山貓之家》(ヤマネコ・ドーム),三部作品的主要舞台分別為台灣、滿洲、以及戰後美軍佔領期的日本。舞台與時空縱橫日本與近代東亞,可說是津島佑子的日本帝國興衰三部曲。至今日,津島佑子的寫作框架已經突破近代的兩性乃至家族關係,蛻變進入亞洲史甚至世界史的書寫框架。2015年1月開始連載最新力作《傑科・多夫尼海記憶的故事》(ジャッカ・ドフニー海の記憶の物語)[37]。故事開端是由愛努口傳詩歌為楔子,以17世紀為舞台,描寫艾努與日本人混血兒的少女知佳步(チカップ),為吉利支丹(天主教)教徒一行所救,從北海道來到青森。由於對天主教的壓迫日益嚴峻,10歲的少年為了成為伴天連(天主教神父),經由長崎之後前往澳門。少女也跟著一起渡海,來到澳門的日本人群居地,之後更往南前行,前進巴達維亞海域。

讀賣新聞2015年8月的文藝評論指出:「本作品是滿載津島文學所有要素的語言之海。從女性觀點出發,凝視家族形式的《光的領域》,對口傳文學等深入關心,詰問日本社會形式

---

[37] 《傑科・多夫尼海記憶的故事》(ジャッカ・ドフニー海の記憶の物語)於2015年1月於文學雜誌《昂》(すばる)開始連載,之後2月與4月停刊。同年5月再度復刊直至2015年8月,全作品連載完畢。「傑科・多夫尼」(ジャッカ・ドフニー)原為烏維達語(Uilta),原意為「收藏重要東西的家」。

的《葦舟，起飛了》、《山貓之家》，之後抵達的，則是這個作品的世界」[38]。

松浦理英子1999年的《反面》（裏ヴァージョン）是繼《拇指P的修業時代》七年後的力作。而2007年的《犬身》，則透過轉生成為小狗的女孩，描寫超越物種間的愛情[39]。不但維持其一貫對於性愛與性別角色結構的挑戰，更進一步詰問物種間界線動搖的可能性。我們從二位1970年代女性解放運動開花期的作家世代的初期作品開始，便能看見她們勇於衝撞近代父／夫權中心的家族、性的基準與價值，而這樣的衝撞與挑戰精神仍存在於她們今日不斷求新求變的作品中。而這蛻變，還在進行中！

---

[38] 〈【文藝月評】一作ごとに深まる人生〉《読売新聞》（2015年8月5日）。（http://www.yomiuri.co.jp/life/book/news/20150728-OYT8T50099.html　2015年8月10日確認）。

[39] 松浦理英子的最新單行本為2012年8月發行的《奇貨》（集英社，2012年8月）。收錄了與書名的同名作品〈奇貨〉（最初刊登於《新潮》（2012年6月））與〈變態月〉（最初刊登於《すばる》（1985年9月））。

從「我」的故事到「我們」的故事
——近一個世紀以來韓國女性小說的旅程

崔末順

國立政治大學台灣文學研究所副教授

1. 前言

　　本文的寫作目的，在於考察韓國現代文學史中女性小說的形成、發展以及其流變的概括樣貌。亦即，本文將嘗試從韓國現代文學所面臨的歷史課題和時代環境中，去了解韓國女性作家和女性文學所關注的焦點以及她們所提出的問題意識。眾所周知，韓國的現代文學是在與台灣相當類似的條件和處境中成立並發展開來。在東亞國家中，台韓兩國在進入現代階段時，均曾被日本殖民支配，而且也都是通過日本接觸西方，接受西方的現代文明價值，並在失去主權的狀態之下對抗日本統治，才產生民族和國家意識，而我們向以殖民現代性概念來理解兩國面對現代和殖民的因應方式及其時代性格。[1]

---

[1]　有關殖民地現代性的概念，參考崔末順，《海島與半島：日據台韓文學比較》（台北：聯經出版社），2013），頁1-20。

　　不僅如此，在進入下一階段，兩國脫離殖民支配束縛，進入戰後重建的新歷史時期時[2]，彼此都曾遭遇到因政治理念不同而引起的內戰和國族分裂的悲劇性命運，更在往後幾十年間，同樣必須面對政治民主化和經濟發展的時代課題，甚至在進入21世紀的現今，也都還須接受自80年代末期開始產生質變的資本主義全球化趨勢，以及由此衍生的後現代文化現象。因此，本文在論述時，希望能與台灣文學的展開過程以及各個時期女性小說的內容焦點相互比較對照，如此或可能夠更加客觀地了解韓國的女性文學發展。不過，在此必須說明的是，本文儘管嘗試找出各時期女性小說的訴求焦點並進行分析，不過在韓國尚未建構出完整的韓國女性文學史，而且涉及的文學過程又將近百年的情況下，本文在處理此議題時，恐將無可避免地會有疏漏或流於概括性介紹的情形存在。

　　有關女性文學的研究，韓國學界是到了90年代才算正式開始。其原因除了重視去中心、強調多元及他者聲音的後現代主義文化現象的到來之外，主要還是因為90年代女性作家的創作大量登場，甚至成為文壇主流，以致學界不得不正視此一潮流。當然，相較以往這個時期的女性參與社會的熱度大幅度增加，也是一大因素。因此，此時回顧女性文學的過

---

[2]　此歷史階段，在韓國一般稱之為「解放後」或「光復後」時期。

去來時路，並探討未來該如何走向，如何創造確保女性主義
視角的文學，可說是相當適切的時機。伊蘭・修華特（Elaine
Showalter）曾提到女性文學的發展可分為三個階段：第一個階
段「女性化時期」（Feminine Stage），指的是女性解放意識尚
未出現時的女性文學總稱，在這個階段中，女作家努力模仿
男作家或接受他們的觀念，且大多以男性視角去描繪女性經
驗；第二個階段是「女性主義時期」（Feminist Stage），在這
個階段中，女性經過自我覺醒，女作家透過文學試圖恢復作為
人的尊嚴，因此開始抨擊男性主義價值觀，提出維護女性權益
的主張；第三個階段是「女性時期」（Female Stage），在這個
階段，女作家以女性主義視角透過女性的主體性生活，創造出
新的女性現實，並且積極尋求自我，建立屬於女性自我的風
格。[3]

　　本文參考此女性文學發展的三個階段論說法，梳理各個
時期韓國女性小說的主要議題和內容取向，同時配合各該時期
韓國所面臨的歷史社會狀況，找出韓國女性小說所刻畫的女性
形象的意義，以及由此想要呈現的問題意識。

---

[3]　伊蘭・修華特著，申景淑等譯，《女性主義者批評和女性文學》（首
　　爾：梨花女大出版部），2004，頁13。

2. 從現代主體到自我認知：
1920~1930年代韓國新女性小說

　　由於1920年前後日本對殖民地開始採取文化政策，加上一戰後世界潮流的湧進，同時武裝抗日運動又屢遭挫敗，台韓兩國都出現改以文化啟蒙方式對民眾傳播新文化，以替代政治性抗爭的情形。[4]而在文化啟蒙運動中，兩國知識分子接受肯定人的理性及相信歷史進步等西方現代性的核心內容，以求改造民眾、普及文明，進而作為將來建設現代國家的基礎。

　　現代性這個文化啟蒙的背景理念，主要是根基於相信人的理性；而對個人具有理性的想法，又來自於擁有獨立自主的個人的發現。因此，當時普遍是以獨立自主的個人觀來認知女性的存在，也可以說是女性被發現的時期。在台灣，初期有關女性問題的討論，是從女性解放的口號開始，其現代女性論述的焦點，乃基於當時社會缺乏平等意識、自由思想、人權觀念，以及缺乏制度的保障，導致女性的命運坎坷，在父權威逼和窮困的生活環境下，不僅無法接受教育，連婚姻自由也被剝

---

[4]　當然，這個時期兩國都曾有政治性結社情形，並提出政治主張，但受到日本打壓之後就逐漸消失。參考陳俐甫，《日治時期臺灣政治運動之研究》（台北：稻鄉），1996；鄭英動，《近現代韓國政治思想史研究》（首爾：韓國學中央研究院），2006。

奪,甚或成為童養媳、養女,一輩子過著悲慘的生活。因而初期有關女性的論述,大都主張改善女性這種嚴重不平等地位及人權遭到蹂躪的封建社會現象。[5]

而同時期韓國的現代女性論述,也有非常類似的發展過程。從十九世紀末期以來,韓國受到逐漸發展為帝國主義國家日本的威脅,以及西歐資本主義列強勢力的侵擾。如此,在成為外國勢力角逐場的同時,內部又要面對封建支配階級和以農民為中心的民眾之間矛盾越來越為嚴重的問題。當時的知識分子試圖在文明開化和反對外來勢力這兩個矛盾的時代精神當中,找出平衡點。他們採取以夷制夷策略,希望透過接受科學和合理精神來應對因此強盛起來的西歐和日本。在這種狀況之下,首先展開的是包括出版運動、國文運動在內的政治、文化運動,他們透過啟蒙民眾,結成政治性團體,企圖達成資產階級的政治改革要求。

由於文化啟蒙運動的目的,在於接受西方現代精神,改造國民思想和創造文化,因而有關女性的個性發現和平等主張,乃成為時代主流聲音,女性教育的重要性遂而受到重

---

[5] 陳英,〈女子教育之必要〉,《臺灣青年》一卷二號,頁19-20;王敏川,〈女子教育論〉,同雜誌一卷三號,頁41-43;黃璞君,〈男女差別撤廢〉,《臺灣青年》二卷一號,頁34-36;陳崑樹,〈根本的婚姻革新論〉,《臺灣青年》三卷六號,頁23-31;劍,〈激底的婦人解放運動〉,《臺灣民報》一卷三號(1923.5.15);秀湖,〈婚姻制度的進化概觀〉,《臺灣民報》二卷三號(1924.2.21)等等文章。

視，並被拿來積極提倡。儘管如此，當時所提出的女性教育，其目的並不在女性的自我實踐上面，而是基於實用層面的認知，因為他們強調，知識女性在照顧家庭和養育小孩的工作上，將可獲得更為實質的幫助。從這些以資產階級為主的文化啟蒙運動當中，已可找出女性團體的陸續參與，[6] 不過，她們仍然著重在救國層面上。[7] 嚴格說來，韓國女性解放理念的正式建立及女性文學的成立，必須等到一批從女校畢業或從日本留學歸來的「新女性」成為社會性階層的1920年代才出現。

「新女性」這個名詞不僅是指知識女性，更是指敢於在接受新教育後在所獲得的自我覺醒基礎上挑戰父權道德規範，並進而主張女性性解放的一群女性。被認為是韓國最早的女性文人金明順、羅蕙錫、金一葉等人即是。這群女性都有日本留學經驗，並透過文學作品和論說文章的發表，強烈主張女性的解放。[8] 其中特別是自由戀愛概念與女性解放所做的連結，對當時女性帶來很大的衝擊和影響。[9]

---

[6] 當時成立的「讚揚會」、「愛國婦人會」等組織，即是隨著政治意識的成長，女性實際參與公共領域的例子。

[7] 韓國女性研究會編，《韓國女性史》（首爾：草葉），1992，頁113-114。

[8] 她們提出的「新女子主義」內容，參照金明順，〈理想的戀愛〉，《朝鮮文壇》，1925.7；〈在春天的街頭〉，《新女性》，1924.3；羅蕙錫，〈理想的婦人〉，《學之光》3，1914.12；金一葉，〈我們女性的要求和主張〉，《新女子》2，1920.4；〈近來的戀愛問題〉，《東亞日報》，1921.2.24等文章。

[9] 她們的自由戀愛思想，受到廚川白村的「近代戀愛觀」影響很深。

　　她們筆下的女性，大都是處在封建價值觀崩盤但現代精神卻尚未確立的過渡時期而感到困擾的女性。金明順由於母親原是藝妓，從小即受到世人蔑視，因此透過作品她寫出了自己的個人生活經驗與內心感受。在〈彈實和珠英〉、〈驀然回首〉、〈疑心少女〉等小說中，她澈底反對成為傳統女性，把舊制度、舊習慣列為必須革除的對象，並把實踐此目標的主人公都刻畫成反抗性人物。她的大部分小說人物，大都努力追求新的女性自覺和女性生活，拒絕扮演傳統的性和愛情等封建婚姻制度下的女性角色。金明順小說當中幾乎看不到正常的夫妻關係，這也體現出作者負面看待舊式婚姻制度的一面，她先設定不理想的家庭關係，然後塑造一個批判、抵抗此關係的人物，來重新提出新的愛情觀，可見作者的目的在於揭露當時不合理的家族制度矛盾，以提倡新的女性意識。她認為只有獨立自主個體之間結合，才有可能擺脫既有的支配秩序，將自由戀愛當作能夠救贖不幸女性的合理通路。這些小說不僅安排了許多已婚男－未婚女、已婚女－未婚男、已婚男－已婚女等不正常的愛情關係，登場的人物也沒有感到罪惡意識，足見它反映的是唯有自由戀愛才能解放女性的作者想法。[10]

---

[10] 這些開放的女性形象，以及新的愛情觀係受到當時流行的艾蘭凱兒（Ellen Key）思想影響，參考金福順，〈支配和解放的文學〉，收錄於韓國女性研究會編，《女性主義與小說批評》（首爾：大路社），頁57。

　　羅蕙錫是韓國最早的女性畫家兼文人，她與金明順一樣主張女性解放，並透過〈瓊嬉〉等四篇小說，刻畫了理想的新女性形象。最具代表的小說〈瓊嬉〉，主要描寫在東京留學的主角瓊嬉放假期間回到家之後，碰到周邊許多父權思想根深蒂固的人物，而以言論和實際行動試圖扭轉他們對女性教育和新女性的偏見，讓他們知道新女性積極肯定的一面。瓊嬉是個具有舊時代價值和新價值之間對立結構的人物，小說以後者說服前者，再以迂迴的方式呈現新女性優越的一面。在這個過程中，最為重要的當是作者重視女性之間的姊妹情誼：小說中的母親完全認同瓊嬉的想法和作為，面對親家母、父親等封建思考人物，她膽敢為女兒講話並代理女兒扮演啟蒙角色；還有，親家母、嫂子、鄰居、商人等其他女性人物，也能夠肯定瓊嬉，並接受她的價值觀和生活方式。通篇小說，可以說富有啟蒙主義性格。

　　另外，以豐富的自傳性取勝的金一葉小說，留下了許多追求女性解放理念的小說。小說中登場的女性，幾乎都是從舊倫理中自我解放的自立性強的新女性，相反地，男性人物反而大都優柔寡斷、缺乏責任感。這種以安排獨立的女性和懦弱的男性性格共存的方式呈現的小說，非常適合向以男性為中心的社會制度提出批判，進而傳達新女性正面的形象。不過，小說中大部分的女性都被男性戲弄、糟蹋或犧牲，例如〈順愛的

死〉、〈斷腸〉、〈少女的死〉中的女性人物，由於分別被認
識的男人強暴、被先生遺棄，或被父母販賣而尋求自殺，但他
們都留下遺書或以投書方式向世人昭告自己的遭遇，明顯地對
不合理的社會制度傳達批判的意思。

　　從以上三位女性作家創作的小說，我們可以看出現代初
期韓國新女性的自我認同過程，雖然大部分都告失敗，但透過
追求自由和理想愛情以尋求自我主體的自主性，三位作家都展
露了她們肯定視角與積極的一面。不僅如此，這些新女性們現
實生活上也透過行動來追求自由戀愛，她們的這些做法，在根
本上解構了既有的封建制度，具有顛覆性的意義。雖然她們在
追求自由戀愛的過程中，或出家入僧門或離家出走或以不幸結
局收場，不過，她們用自己的一生來實行自己的信念，可說是
具有顛覆性力量的身體政治學實踐。男性知識分子推動啟蒙理
性把精神和肉體分開思考的二元論價值體系，到了新女性文學
和實踐中遭到解構，因而我們可以大膽地給予評價，認為初期
韓國女性文學和女性論述，拒絕了西方現代的基本框架，將肉
體和精神、主體和客觀、理性和情感合二為一，具備了革命性
和進步性。

　　從20年代中期開始到整個30年代，貧窮是殖民地朝鮮所
面臨的最嚴重又最棘手的社會問題。文壇也對此做出回應，
「朝鮮無產階級藝術家同盟」（卡普，KAPF）在1925年成

立，從此普羅文學成為文壇主流。女性作家面對此現實也做出回應。朴花城、姜敬愛等人開始集中刻畫因貧困造成雙重他者化的女性問題，共享了以男性作家為主的卡普文學傾向性。朴花城的〈下水道工事〉直接以木浦的下水道工程作為題材，透過現場探查，逼真又有深度地刻畫出當時勞動現場的諸多矛盾；而〈耕田時候〉集中描寫因親日派大地主大量搜購土地，小耕農被迫淪為佃農，導致韓國農村貧窮狀況越來越趨惡化。

姜敬愛的大部分小說內容，講述的是在極端的貧窮當中受苦受難的女性故事，非常詳細地描繪了殖民資本主義制度之下受苦的女性，體現當時無產階級女性的處境和自我認同。她大部分的小說背景為1930年代，一般認為這個時期是韓國民族貧窮加速化的時期[11]，而小說空間描述的貧窮狀況，更是達到讓人無法置信的地步。這些極致的貧窮狀態，是造成女性特別是下層女性無法維持其起碼做人尊嚴的主要原因。小說中的許多女性，由於貧窮原因不得不與所愛分開，有的被賣去成為有錢人洩慾的工具，嚴重的更有無法發揮母性愛，眼睜睜看著自己孩子死去的悲慘下場。《母親與女兒》描寫的是母女二代女性的受難過程和解放問題；《人間問題》全面性、系統性地探

---

[11] 宋仁和，〈下層民女性的悲劇與自我認知過程〉，收於《女性主義與小說批評》，韓國女性研究會編（首爾：大路社），頁251-289。

討資本主義的制度性矛盾，以及由此造成的貧窮，進而對女性行使暴力的整個過程；《鹽巴》以間島為背景，述說失去丈夫和一個兒子的女性，在被地主強暴並趕出門之後，為了養活其他孩子，不得不成為別人家的乳母，但很諷刺的，卻因這個原因，她又必須面對失去剩下兩個小孩的痛苦。貧窮造成母性愛喪失的內容，在〈母子〉、〈地下村〉等她的其他小說中也反復出現，可見姜敬愛的小說視貧窮為全面破壞女性人物、壓抑女性的最主要原因。依此而言，姜敬愛所提出的女性解放展望，只有透過階級解放才能實現。她在小說中一再地鋪陳這樣的過程，原本不知道現實矛盾所在的女性，透過一些契機終於獲得階級認同，進而對自身的階級處境和社會變革有所覺醒，最後投身社會主義運動而確立了自我主體性。[12]

「卡普」所主導的普羅文學，隨著組織的解散，從30年代中期作為分水嶺開始退潮。緊接著由於日本軍國主義積極往中國發展，以客觀反映現實來進行批判的文學空間全面受到擠壓。加上殖民資本主義的發展，促使男女角色的區別越來越為明顯，要求女性做好賢妻良母角色的意識也更加抬頭。面對此一局勢，女性作家再度把眼光拉回到被壓抑的女性現實上

---

[12] 有關日據時期韓國女性小說，參考崔末順，〈封建性與現代性的衝突——日據時期台韓小說中的女性處境〉，《女學學誌：婦女與性別研究》第二十三期，頁1-34，2007.06。

面。崔貞熙、白信愛、池河蓮等人的作品，繼承了20年代作家的女性解放意識，只是並不像20年代新女性那樣，用全身力量來衝破父權的桎梏，這時期的作家是用女性特有的情感和感覺作為意識的媒介，為更多女性爭取發言空間。作為同路人作家崔貞熙，在〈地脈〉中自我告白因生計問題不得不做出轉向之後，在〈凶家〉、〈地脈〉、〈人脈〉、〈天脈〉中，同樣用告白體呈現出各種擺盪在作為自己和盡好母親責任之間感到困擾的女性境遇；白信愛在〈福先伊〉、〈小毒婦〉、〈某一個田園的風景〉中，描述早婚女性和未亡人的生活，聚焦地點出傳統女性的悲劇性命運；李善熙在〈計算書〉、〈賣笑婦〉、〈回去的路〉、〈蕩子〉等小說，用感覺性文體詳盡道出傳統婚姻不僅造成本妻犧牲，也帶給那些自由戀愛結合的新女性不幸；池河蓮也在〈訣別〉、〈滯鄉抄〉、〈秋天〉、〈山路〉等小說中，述說即使是由自由戀愛結合，但現代夫妻之間種種問題和男性的虛偽意識依然存在。

如此看來，30年代女性作家一方面繼承了前時期新女性以自由戀愛作為自我實現的方式，另一方面又為因應時代，描畫出貧困的殖民地現實以及處在其中的女性悲慘處境，並流露出女性作為社會一個成員該盡的責任和付出的努力。

3. 戰爭傷痕與自我憐憫：
1950~1960年代韓國女性小說

　　1945年的光復，帶給韓國人民的是一時性民族力量的空白與無助，在殖民地統治下，被抑壓的矛盾與衝突，一時之間紛紛湧現開來，造成極度的混亂狀態。從此，以主宰戰後世界為目的而活動的美蘇兩大強權國家，一直存在於韓半島的背後，因此，韓半島進入了南和北、左和右的極端的分邊狀態，急速地失去了均衡力量。從1945年的光復，1948年的分裂，到1950年的韓戰爆發，經過這樣迅速的歷史邊變，南和北面臨了分裂局面。其後，南與北彼此為了重建戰後廢墟，各自走上不同的路線，掌權階層為了政權的接替與鞏固，更是分道揚鑣的各走各的路線。

　　1950年6月爆發的韓戰，是同族相殘的民族性大悲劇，韓戰不僅暴露了戰爭的殘酷本質，同時也加重了因理念形態的衝動所引起的狂暴性。再加上戰後民族的理念分裂更趨深化，對立和衝突越來越為嚴重，韓國社會在東西冷戰體制的進展過程中，民族分裂變成既定事實。韓戰造成南北分裂成形，理念對立持續，民族的同質性遭到毀損，民族文學的理想受到破壞。因此，韓戰發生後，與南北分裂和理念對立直接有關聯的

社會主義思想問題，乃被排除於文學的素材範圍外，作家開始有意無意地逃避這個議題。雖然戰後的作家們，能將戰後現實的荒蕪以及生活的痛苦，從作家個人的意識裡，拉出來刻畫並鋪排在文學作品中，但卻無法正面剖析理念形態的虛無，也無法擺脫精神上的萎縮狀態；這種情況，在韓國稱為「民族分裂時代的分裂文學」，而韓國現代文學的相當部分屬於這樣的狀況。

在這樣的條件下，50年代的韓國文學充斥著戰爭帶來的非人性化現象、戰爭留下的心靈傷痕，以及戰爭過後的孤獨、挫折等人的存在問題。進入60年代以後，在戰爭的負面影響仍存在的情況下，社會上瀰漫著短暫享樂的歪風，充滿被扭曲的性慾望，並由此產生了對女性的壓抑現象，而這些也都成為五60年代女性文學的主要寫作題材。

戰爭帶來同族相殘和國土荒廢的悲慘後果，無法預知未來出路，依然陷在黑暗深淵的人們逐漸感受到生存的危機。此時，一般被視為50、60年代韓國女性文學特徵之一的浪漫愛情書寫，乃在這樣的時代氛圍中產生。所謂浪漫愛情，無論在任何時代，都是女性作家常用的題材，那是因為它與女性的自我認同有關。由於不管在家庭或社會裡，女性常被看待成消耗品，而不被看作是一個具有人格的個體，女性因而容易產生疏離感，自我認同上也常引起混亂，此時浪漫愛情往往是能讓女

性感受到自我尊嚴的一個途徑。不過,50、60年代女性小說中的人物執著於浪漫愛情,主要還是來自危機意識,因此透過愛情來確認自我和解消不安的慾望非常強烈。

林玉仁、孫素熙、康信哉、韓戊淑、韓末淑、朴景利等該時期許多女作家都勾畫了這樣的浪漫愛情故事。林玉仁在〈鳳仙花〉、〈一週間〉、〈舊情〉、〈求婚〉、〈女大畢業生〉等小說中,描繪出女性以回到傳統家庭安頓自己來完成自我實現欲求的浪漫性愛情。這些小說再現的是父權意識和傳統價值觀,認為女性一定要跟男人結婚,順從丈夫,為家庭犧牲自我,才算過著幸福的生活,而且這樣的人生也才具價值。結果此時愛情卻已被工具化了,女性終究還是無法得到真正的幸福。

孫素熙〈太陽的溪谷〉、〈菖蒲花開時〉、〈那天的陽光〉、〈秋鳥聲〉等小說,都是講述在戰亂當中受到傷害的女性,在經歷精神彷徨和陶醉性快樂之餘,最後選擇走入婚姻以求安頓自己的故事。她們在戰爭此非常時期的混亂當中,感到無比的不安與虛空,因而不時閃過尋死念頭,或以過度對愛情執著的方式,想盡辦法來消弭存在的危機感。

康信哉〈祭壇〉、〈粘液質〉、〈表先生受難記〉、〈燦爛的銀杏樹〉、〈波濤〉等小說都以誇張的性欲描寫,不正常男女關係的鋪陳安排,來因應戰爭所帶來人與人之間的疏離感。女性人物藉由愛情體驗,撫慰自我的疏離空虛感覺,

並尋找與對方合而為一的內心感受。這種直接的、感覺性的體驗，讓人恢復了生命力和原始熱情，重新找回生活的原動力。不過，康信哉小說女性人物的男性對象，普遍都被刻畫成並不優秀的人，無論是從學識涵養、家庭環境或身分地位來看，都是社會上未能受到肯定的次等人物。這些特徵，或可解釋為，作者意圖把人從約定成俗的一般觀念或虛偽意識當中分離開來，認為唯有直接面對和溝通才能得到真正的幸福。

韓戊淑〈明玉〉、〈有情感的深淵〉、〈光的樓梯〉、〈流水岩〉、〈錐子〉等小說中的女性們都是在性慾賁張和壓抑之間擺蕩彷徨的人物。她們深知人的性慾望並不是甚麼罪惡，而是極為自然的人的原始本能，不過她們已經內化了的傳統價值觀和父權意識形態卻牽制著她們，因此，表現出來的往往是認命的消極態度，這導致韓戊淑小說中人物雖然透過愛情確認了自我，心靈獲得撫慰，但仍然還是活在忍耐和被動的生活當中。

至於韓末淑，與其他女作家相比，她選材多樣，具備卓越的描寫能力和情節構築技巧，因此創作了多種類的女性議題作品，在文壇上備受肯定。在〈神話的斷崖〉、〈星光裡的季節〉、〈落樓附近〉等小說，她塑造了在50、60年代戰後混亂和貧窮環境中，找不到存在意義、彷徨漂流的女性人物，這些女性要不受到性暴力侵犯，要不渴望浪漫愛情，在男女不

正常的關係中，最終卻淪落為性商品化的工具。〈某一個死亡〉、〈順子家〉、〈Q旅館〉等小說中的女性，則在父親常期暴力和貧窮環境的壟罩下，過著困頓束縛的生活。另外，在〈落照前〉、〈旅愁〉、〈黑色梅雨〉中的女性，都因婚姻制度的矛盾而備受折磨，個個都對人生感到疲憊不堪，處處顯露出壓抑自我以及與塵世的疏離感覺。

朴景利的初期作品〈剪刀〉、〈不信時代〉、〈黑暗時代〉等小說，主要呈現戰爭過後找不到出口、人的尊嚴掃落在地的暴力性狀況。在此環境裡，人物通常因戰爭失去親人，在貧窮中感到與社會隔離，進而在恐怖和不安中度日，不過她們並不與現實妥協，反以孤芳自賞的方式維持個人尊嚴。但也有以追求浪漫愛情方式企圖擺脫疏離感者，如〈市場與戰場〉、〈漂流島〉中的人物即是。不過無論是那一種方式，如巨鐘罩頂般的惡劣環境造成的疏遠感覺始終揮之不去，反而帶來更大的冷漠和孤立無援的陌生感。此時，唯有面對現實，並在現實中找到和解，才是擺脫疏離感的唯一方式。

受到戰爭傷痕影響的50、60年代韓國女性小說，大部分呈現出冀望透過愛情確認女性自我認同的傾向，對善於忍耐、做出犧牲的傳統女性形象表示肯定，隱然塑造出被動的、順從命運的女性類型，這比起20、30年代嘗試正面突破困難的女性形象，明顯後退許多。此原因當然可從殘酷戰爭此一悲劇性場域

帶來的命運論和消極價值觀中找出，另外還可從該時期女性作家的社會活動狀況中得到答案。20、30年代的女性作家多從事記者工作（崔貞熙、李善熙），或者擔任丈夫的社會運動輔助角色（朴花城、姜敬愛、池河蓮），起碼都有直接投入社會活動的經驗；然而50、60年代的女性作家，卻幾乎都是在家從事專職創作的中產階層女性。此外，戰後被強化了的戰爭意識形態，也帶給社會全面性的危機意識和不安心理，加上軍事獨裁政權藉此進行創作和輿論的控制，社會又走上劃一化、保守化傾向，在在都與此脫離不了關係。

4. 與社會現實和時代課題交涉： 1970~1980年代韓國女性小說

　　從70年代以來，韓國社會經歷了急速的工業化、產業化過程，開始有了許多社會變動。 經濟的急速成長、近代產業體制的建立、都市範圍的擴大、大眾文化的擴散、社會結構的變化、生活方式的多樣化，以及物質價值觀的形成等，都是在產業化過程中產生的韓國社會新面貌。 當然，這些變化並未都能受到肯定，從70年代初期開始，受到注目的經濟成長背後，一直存在著對外國資本和技術的高度依賴性，也暴露出韓國社會經濟根基的脆弱體質。加上維新體制必須以強力推動產業化

及國防安全為藉口，以加強鞏固其獨裁體制。如此強大的統治權力，擴大到社會各個層面，產生了許多矛盾和對立現象；都市勞動階層開始反抗不合理的生活條件，農村受到疏離和地域之間差距擴大而引發衝突，產業施設的增加更帶來公害問題等等，個個都形成新的社會問題。更糟的是，當時的統治圈並無能力提出合理的解決方案，反而強化其一貫的嚴厲統制手腕，使得惡劣的情況越來越加嚴重。

　　韓國在產業化過程中顯現出來的這些現象，可以說明近代化過程本身，是在相當不穩的基礎上進行的，這種特質自然影響到文學方面。被稱作產業化時期文學的這時期的文學，直接反映出韓國的社會變化以及其矛盾衝突的樣貌。從60年代中期開始引發爭論的文學現實參與問題，[13]到了這個時期，已經擺脫了參與、純粹的兩分法邏輯，而發展為多方面、多方向的論爭。民族文學論、現實主義論、商業主義論、農民文學論、民眾文學論、勞動文學論等等，這些批評活動的相繼展開，也直接影響到創作活動。這些圍繞著當代現實問題和文學指向的討論，其重點都在民族文學論上，呈現出濃厚的反抗體制色彩。

---

[13] 在文壇以純粹／參與文學論爭的形式來展開討論，有關此論爭，參考崔末順，〈消失的民族傳統、遊離的民眾現實—冷戰下台韓兩國的文學風景〉，《新鄉‧故土‧眺望‧回眸 2013兩岸青年文學會議論文集》（封德屏主編，台南：臺灣文學館，2013.12），頁53-77。

一般來說，面對70年代以來產業化的眾多社會課題，1970年代的韓國文壇以驚人的小說創作量來回應；1980年代文壇則以豐富的文學批評來加以詮釋。被稱為小說時代的70年代文壇，各種類型的小說，如世態小說、歷史小說、理念小說、戰爭小說、宗教小說、中間小說相繼面世，刻畫了產業化和現代化激流中載浮載沉的人們。[14]女性小說面對此社會問題也做出了適切的反應，從前時期浪漫愛情當中尋找自我認同的傾向，轉向到女性在社會群體中所面臨的問題上面。特別是對產業化帶來的最嚴重問題——物神主義的蔓延、政經機制的橫暴、人的自我疏離，女性作家都特別感到興趣。朴婉緒、梁貴子、金知原、姜石景等代表70年代的女性作家都加入了此一創作行列。

朴婉緒這個時期的小說有兩種內容取向：一為赤裸裸地揭露現代生活的虛無意識，批判及諷刺中產階層的生活方式；二為作家個人的戰爭體驗。前者包括〈某一個外出〉、〈蚯蚓哭聲〉、〈搖晃的午後〉等小說，都是刻畫中產階層女性在無聊度日和乏味的婚姻生活中陷在困境的掙扎樣貌。白天先生和孩子都不在的家中，無所事事的太太或獨飲悶酒，或鬱鬱寡歡，試圖找尋自我認同卻又不能；也有視婚姻為提升身分

---

[14] 有關光復後韓國文學的發展，參考崔末順，〈光復後韓國文學的發展面貌〉，《當代》201期，頁4-21，2004.05。

和重新分配財富的跳板，設法積極抓住條件良好的男性，暴露出其虛榮心和人類的劣根性質，這些小說深入地探討家庭與家人的真正意義。而屬於後者的有〈裸木〉、〈歲暮〉、〈佛像近處〉、〈媽媽的木椿〉等小說，都是透過作者個人和家人的親身體驗，披露戰後韓國社會的變化情形，例如價值觀扭曲或不正常的社會變動關係，給固有的社會律動與傳統的生活習慣帶來崩壞的影響。

梁貴子關注的是忙碌的現代人生活景象，以及現代人容易被小事激怒的懦弱心理；金知原主要刻畫具有感覺、思考、慾望的女性在適應複雜的現代社會時的痛苦和苦悶情形；姜石景探討的是70年代韓國社會所面臨的精神危機和年輕人問題。另外，吳貞姬注意到日常的無意義，以及女性為尋找真實存在而脫離日常所做的努力；徐永恩小說則是透過虛無意識和純潔靈魂的孤立感，追求內心美麗的女性故事。

主要著重在刻畫社會變遷中女性問題的女性小說，到了朴景利的《土地》，開始注意到整個韓國現代史中民眾的生活以及側身其中的女性。《土地》是1969年開始創作，但卻花了26年才完成的大河小說，小說時間從甲午年的農民革命開始，歷經日本殖民時期，直到1945年解放，可說跨越了整個韓國近代歷史；空間背景則包括韓國多個農村和都市、間島、俄羅斯、日本等地。這部小說獲得的評價相當高，它刻畫漂盪在現

代史激流中大家族傳承四代終歸沒落的故事，將家庭這個社會的最小單位，提升到與歷史緊密地環環相扣在一起，可以說是一部述說韓國人歷史和命運的大敘事詩。[15]

如此，70年代的女性文學，主要是受到民眾意識成長的時代影響，直接又深刻地勾勒出與現實相關的問題。儘管個別作家的關注點有些差異，不過，作家們大致上對廣大民眾所具備的價值和力量都表示肯定，此外還特別重視生活共同體的家族，藉以擺脫孤立個人的無力感。

進入80年代，尹靜慕、李璟子等作家開始朝著與前時期不同的方向思考女性問題。尹靜慕透過《韁繩》指出女性淪落風塵，並非純粹個人問題，而是與國家事務緊密連結的社會問題。從事服務美軍部隊等特種行業女性的增加，不僅與國家淪為新殖民地的處境相應，也是由於國家缺乏獨立自主性所直接造成。加上在新自由主義經濟成長的邏輯下，女性的「性」容易成為商品化對象。就男性作家而言，風塵女郎是受到男性中心社會傷害的可憐階層，而且是男性想要救援的對象。[16] 相對於此，尹靜慕小說中女性墮落為風塵女的主要原因，不在於她們缺乏性倫理意識，而是由於社會和國家問題所造成的。韓國

---

[15] 有關《土地》的內容，參考崔末順，〈與命運熾烈對抗的靈魂－朴景利（1926-2008）和她的《土地》〉，《自由時報》副刊，2005.08.11

[16] 如崔仁浩等男性作家手中描繪的淪落風塵女性，大都在強調其自律性以及生活意志被剝奪的可憐處境。

一直以來都從屬於美國，連自主性統治權都喪失，這導致許多國內外問題都任由美國擺布。這樣的敘事視角，不但有效批判了韓國社會的諸多狀況，也把女性問題拉高到民族和國家的層次上面。

而李璟子在她的代表作〈一半的失敗〉中，揭露現代婚姻中女性所面臨的各種問題，如姑嫂間的矛盾、先生的外遇問題等等，讓我們看到現代家族的倫理仍然顯得那麼脆弱，同時男性中心主義依然頑強存在。李璟子的其他小說，藉由貧民女性的故事，揭露物質豐饒時代的虛偽和欺瞞性質。如此，80年代的女性作家，在刻畫韓國社會屬性和女性處境之間的關係上，得到了很高的成就。

此外，全面關注女性存在本質，以及女性生活方式的女性主義傾向小說也在80年代開始出現，除了朴婉緒和吳貞姬持續創作以外，慎達子主要描寫婚姻關係中的女性生活；金怡妍則描繪彷徨於自我實現和成功慾望之間的女性心理兩面性；金芝娟對低俗的婚姻觀提出辛辣的批判。這些女性作家雖然沒有獲得評論文壇的青睞，不過，80年代女性小說，基本上與韓國民主化運動的精神相連結，呈現出抵抗現實主義傾向，同時也預示著90年代女性作家的大量出現和女性文學的誕生。

5. 走出自己的路：
1990年代以來韓國女性小說

　　到了90年代，國際環境丕變，社會主義國家相繼沒落，國際冷戰意識形態的對立緩和，國內的文人政府也正式成立，這代表國內民主資本主義取得了勝利。因此，在如此時移世異的社會環境裡，文學自是無須再為那些所謂民主化理念或歷史方向發言，文學家開始著眼於處理普遍性資本主義文明之下的個人存在和日常問題。該時期韓國文學的主要題材包括同性戀、家族的解體、傳統道德觀和秩序的崩潰、麻藥，乃至以電腦網路為代表的模擬現實和假想空間等，可謂包羅萬象，無所不有。這些文學的世紀末現象，直到今天仍然持續地發揮著它的能動力量。90年代以降直至當今的韓國文學傾向，一般可概括為下面三個方面：第一、接受去意識形態、去中心的後現代主義，拒絕大論述、大敘事，因而在個人性、日常性的問題上面尋找能夠討論的主題；第二、被壓抑或背後隱藏著的慾望的全面抬頭；第三、女性的追求自我認同成為主流傾向，並已獲得了相當高的成果。[17]

---

[17] 有關90年代韓國文學的概況，參考崔末順，〈九〇年代後韓國文學的主流傾向－記憶的形式，慾望的語言〉，《自由時報》副刊，2005.02.19

其中，女性作家的大量登場和受到文壇與學界的注目，可說是90年代韓國文壇最明顯的特徵。金仁淑、孔枝泳、申京淑、全鏡潾、咸婷荏、河成蘭、殷熙耕等作家，不但得到評壇的高度評價，囊括各種文學獎項，也受到讀者極為熱烈的喜愛，可以說兼顧了質和量以及文學性和大眾性。她們文學的共同特點為纖細、敏銳的視線，擅長捕捉日常中的個人慾望和痛苦，而有全新時代所需的全新文學的高度評價。

首推女性作家當為申京淑。她的小說的主要題材往往是個人，特別是在日常生活或與別人的互動當中受到傷害而心懷怨恨的個人。她之所以被評為90年代的代表性作家，是因為在她的小說中，以大量描繪情感的氛圍，代替了80年代的理念；探討個人性的存在，以代替團體性存在；呈現現實生活中受到的內心傷痕，以代替對現實的積極抵抗。從小說人物來看，這些主人公要不遭受創傷，就是感到悔恨壓抑等等在精神上顯示出缺陷的人物；從小說情景來看，她的小說中與這些主人公形成對立的人物，往往會隨著現實情況的改變互換身分，在成為加害者的同時，也變成了被害人。也就是說，申京淑所重視的，並不是個人與個人間的絕對性關係，而是現代人既會是加害者也可能是被害人的相對性關係。她的主要作品有《放置風琴的地方》、《哀傷深處》、《單人房》、《很久以前離家時》、《吃馬鈴薯的人們》、《他幾時會來》、《成為河水

時》等長篇小說。

其次是殷熙耕。與其他作家不同的是，她喜以幽默手法，細緻地描寫人物心理，而述說的幾乎都是男女愛情和女性的自我認同問題。有人說殷熙耕的寫作特徵，在於她說故事的才能和她特有的抒情感性配合得恰到好處。她最擅長處理的是愛情題材，喜歡探討愛情是否還能治療現代人受傷的內心，特別是在疏離和空虛當中感到徬徨無助的人，以及在這個適者生存、優勝劣敗的現代生活中感到恐懼的人，愛情是否還能給予他們心靈上的慰藉等等現代人的切身問題。豐富的想像力和熟練的結構設計、能夠穿透人心的卓越洞察力和幽默的視線，以及使用感覺性文體等方面，都是殷熙耕得到正面評價的優點。她有小說〈鳥的禮物〉、〈太太的箱子〉、〈搭訕〉、《和我跳最後的一支舞》、〈幸福的人不看手錶〉、〈那是不是作夢〉、〈小聯盟〉等作品問世。[18]

此外，金仁淑透過〈刀刃與愛情〉、〈您〉等小說，探索恢復人際關係所要做的努力，強調尊重相互之間的差異；孔枝泳[19]在〈如水牛角般一個人行進〉則控訴男性的父權意識對

---

[18] 有關申京淑和殷熙耕，以及90年代韓國女性文學的特色，參考曾天富，〈孤立化社會的因應－申京淑與殷熙耕女性小說的自我認同〉，《女學學誌：婦女與性別研究》第二十四期，頁19-46，2007.12。

[19] 有關孔枝泳最近作品的介紹，參考〈行動的小說家－專訪孔枝泳〉，《聯合文學》342號，頁54-59，2013.4。

女性造成的傷害，探討女性在不幸福的結婚生活中所感受的自我認同危機，結果得到廣泛女性讀者的認同；金香淑在〈沒有門的國家〉、〈離別歌〉、〈沉沒的島嶼〉等小說中刻畫過度介入孩子生活的母親，控訴女性內化父權意識的結果；李惠敬在〈路上的家〉中，也對只追求物質文明的資本主義社會樣態及其中的父權秩序，提出批判；孔善玉在〈白色的月亮〉、〈開吧！水仙花〉等小說，探討貧民階層女性為生存奮鬥的故事，其中把女性維持生計和兼顧母性的兩難面，刻畫得淋漓盡致，另外，她也成功剖析了果敢建立自我的女性人物被母職牽制的心理變化。

不過，一般都認為90年代女性文學的成就，相當部分受惠於新的文壇氛圍，她們以纖細的眼光來觀照外部世界，喜愛透過個人的受傷，描述世紀末理念不在的現代生活的宿命，可以說具備了豐富的女性特質。但也僅止於此，以修華特所謂女性文學的三個階段來看，還尚未到達女性主義文學的境界。

進入2000年代，千雲寧、片惠英、鄭梨賢、河成蘭等作家，不同於90年代女性文學的女性特質，她們透過文學進行顛覆、拋棄或重新規定女性特質。她們企圖否定既有的性別體系，進而提出多樣性別身分和複數的主體，例如，千雲寧小說〈針〉的女性人物為野獸兼美女，可說是前所未有的獨特形

象；而韓江的〈素食主義者〉塑造出女性肉體和植物之間沒有界線的奇異存在；姜英淑長篇小說《麗娜》中的少女，則與產業化機械文明擁有親緣關係，這與一般女性小說常刻畫女性和大自然的親緣關係，是相當不同的；鄭梨賢〈浪漫的愛情與社會〉的女性被塑造成與消費資本主義社會共謀的人物，她們盡情陶醉在消費和財富的享樂當中，而且小說中的婚姻，更被摹寫成一種頭腦遊戲或慾望的交易；片惠英的〈鐵孔蓋〉、〈貯水池〉等小說，建構了充滿屍體、傳染病、暴力和幻想的世界和怪異的景象，並以攪亂敘事邏輯和意義體系的方式，對當代韓國現實提出許多質疑。

另外，2000年代後期女性文學的新樣貌，就是所謂「Chick-lit」的大量登場。Chick-lit是年輕女性chick和文學literature的合成語，它是指探討有文化教養並在職業上追求成功的現代都會20到30歲女性生活的文學。小說中的女性人物，充滿活力並正面看待自己的快樂生活和慾望追求，十足一個活潑、獨立的女性形象。不過她們大部分時間卻因外貌問題而感到苦悶，或對購物十分執著。小說的主要舞臺為都市空間，情節內容大多涉及愛情、出版、廣告、時尚等議題，並且以輕鬆的文體和不良的語調公然地探討性話題。

Chick-lit之所以在2000年代前後流行全世界，背後有著社會文化性因素，那就是與90年代中後期代替女性主義抬頭的

「後女性主義」論述有關。後女性主義某種程度上繼承了既有女性主義的成果，但同時與一些特定政治價值和商業目的結合，傳播到大眾文化之中。換句話說，在知識經濟和超前商業化的文化環境、新保守主義價值的傳播、新自由主義的興起等時代氛圍下，後女性主義所傳播的理念，主要是自主性女性的選擇、自我開發、獨立性，以及自我表現，特別是在此過程中，女性主體的行為被認為是以消費取向或對特定方式的追求。小說刻畫女性主體的形成過程中，休閒活動和大眾文化領域為主要場地，因此在某種程度上傳播了社會特定領域的價值取向。

　　韓國的Chick-lit中較為突出的是，擺脫如父權權威等許多來自韓國家庭內部的壓抑，得到個人自由的女性形象刻畫，以及積極擁護自身消費慾望的女性主體。鄭梨賢的《我的甜蜜都市》、徐由美的《往前一步》、白英玉的《STYLE》等小說，可說都是探討女性成長、購物、戀愛和結婚的主題，當中也提出對資本主義的批判性思考。不過，這類女性小說傳播的訊息，也存在相當多的問題。例如，女性主體靠個人的改變或自我管理和努力，就能得到她所想要物質的樂觀幻想，以及太過輕易地就能解決女性的經濟能力問題等。整體來講，小說中把女性在社會上碰觸到的所有問題加以「去政治化」，或對政治性解決的努力表現出嘲弄的態度。不僅如此，Chick-lit人物還

全面接受及順應消費資本主義，因此傳播出只要服從比自己優越的存在者就能得到快樂的錯誤訊息。[20]

6. 結語

　　以上，配合韓國現代文學的推移，概略整理了各個時期韓國女性小說的主要內容和問題焦點。回顧過去一個世紀以來的韓國文學變遷，可知它積極參與時代任務，反映人民的生活經驗不遺餘力。殖民地時期因痛失國家主權，而站在朝鮮人民的立場上發言；光復後到經歷韓戰的50年代，文學的主流則是揭露戰爭慘狀，以及對民族對峙局面採取不認同態度的現實主義傾向；到了60年代，隨著戰後新世代作家的陸續登壇，洋溢著個人主義的文學風潮，他們以現代感性作為武器，探討社會中個人的處境和價值；70年代韓國經濟開始起飛，此時的韓國文學雖然趨附在商業主義的裙擺下沾沾自喜，卻仍可見到面色沉重地批判炎涼世態、慨歎人性蕩然無存的文學傾向出現；進入80年代，由於要求政治民主化和主張經濟利益均衡分配的民眾運動熱烈展開，文學自然無法置身事外的，以民族、民眾和勞動文學之名，起來呼應社會變革的要求；90年代以後的文學

---

[20] 有關韓國當代文學的概況，參考崔末順，〈韓國當代小說現況〉，《聯合文學》342號，頁48-53，2013.4。

傾向，在「後現代主義」、「新世代」、「世紀末」、「女性」、「日常」、「幻想」這幾個概念的宣導之下，文學主要處理普遍性資本主義文明之下的個人存在和日常問題。

女性文學也從未缺席，它與時代脈絡和歷史條件不斷交涉，創作出可觀的成就。各時期的女性作家，基本上著重在揭露以男性為中心的韓國社會問題，以及摸索女性自我認同的方向。在此一個世紀的進展過程中，從早期的「告發」父權暴力到90年代的「建構」女性特質，成功地呼籲了女性價值的重要性，建立了真正屬於女性的文學。同時女性小說的內容取向也從早期關注「我」的故事，隨著女性的社會參與和交涉增加，逐漸移轉到關懷「我們」的故事。

不過，無論是那一個時期的韓國女性小說，很難說它真正獲得了女性主義視角。所謂女性主義視角，指的是以女性的眼睛來詮釋社會一般的問題，並用活生生的女性語言來建構出有價值的未來展望。藉此回顧韓國現代文學中女性小說的機會，希望它們往真正的女性解放和人的解放方向持續邁進。

愛情與金錢
——蔡素芬的「鹽田兒女三部曲」

紀大偉
國立政治大學台灣文學研究所助理教授

1. 變數與常數：金錢與愛情

　　法國女性主義者克莉絲特娃（Julia Kristeva）曾在她的文章
〈女人的時間〉[1]（Women's Time）質疑喬伊斯（James Joyce）
的說法：「父親負責時間，母親負責繁衍後代」（father's time,
mother's species）。這篇報告也要回應喬伊斯的說法。在台灣
中生代女作家蔡素芬的「鹽田兒女三部曲」中，我發現這一套
「女性文學」代表作不盡然讓父親負責時間、母親負責繁衍後
代。這套三部曲大致上算是為二次戰後的台灣女性寫歷史，也
就是讓女性肩負時間進展的重擔。三部曲中，生育後代的責任
大致上還是按照台灣社會慣例，讓女人全程負責，但是小說中
的男人經常被身為人父的焦慮與罪惡感驅策，便運用他們的行

---

[1] Julia Kristeva. "Women's Time." Trans. *The Kristeva Reader*. Ed. Toril Moi. New York: Columbia University Press, 1986. 287-213.

動力（mobility）特權（行動力在小說中是男人才有而女人沒有的特權），在台灣內部或是跨國移動並藉此獲得利益，然後用金錢介入後代的生活。

「鹽田兒女三部曲」一方面呈現女性角色為主的兩代台灣人愛情考驗，另一方面將這些苦戀故事對照20世紀下半葉台灣經濟發展。這部三部曲之中，男女並不平等的分工（gendered division of labor）大致對應了兩個關鍵詞：金錢與愛情。女性角色為了愛情，寧可守在原地不動（也就是留在自己的家、自己的家庭），也就順勢參與了本土歷史的累積。男性角色為了金錢，又剛好享有行動力，所以不能安分守在原地（自己的家、自己的家庭、自己的國家），而可以藉著在島內移民或跨國移民追逐金錢，或所謂的事業。這樣不安份的男人也就把乖乖守護家園——以及家園歷史——的女性拋在腦後。我大膽猜測這樣的男女分工——也是愛情與金錢的分工、歷史與空間的分工——在二次大戰之後的東亞社會和東亞文學中普遍存在。我希望本人的報告可以在這場台日韓盛會刺激跨國的比較。

作家蔡素芬用20年光陰完成「鹽田兒女三部曲」。蔡素芬生於1960年代的台南，以長篇小說《鹽田兒女》[2]獲得1993年

---

[2] 蔡素芬，《鹽田兒女》（台北：聯經，1994年）。

的重要文學獎[3]，從此奠定在台灣文壇的地位。她在1998年出版《鹽田兒女》的續篇：《橄欖樹》[4]；在2014年推出《鹽田兒女》的第三部：《星星都在說話》[5]。在這套三部曲中，變數是男女情愛（尤其是婚外情為主的不倫之戀），常數則是經濟成長（卻沒有經濟衰退）。

最早出版的《鹽田兒女》將重點放在第二次世界大戰結束後的台灣南部產鹽地帶。書中絕大多數的角色只要肯吃苦賺錢，就可能出人頭地，終究會搭上經濟成長的順風車－－在那個年頭，經濟似乎非成長不可，不可能衰退，景氣不可能不好。在美國領導的冷戰時期，台灣跟日本韓國一樣，趁這個時代提供的機會搭上經濟成長的順風車。這種信任經濟成長的意識形態，我猜想，可能也在戰後日韓文學中具有主導文學寫作的霸權地位。鹽田的沒落、高雄工業的興起、農民大規模丟下田園投入工廠，都是小說中被視為理所當然的大時代畫面；值得注意的是，這些大時代畫面的功能並非只是散發懷舊的光暈，更發揮了足以決定人物命運的物質力量。全書最後，原本青春浪漫的女主角，從農業社會進入工業社會之後，也步入中年，成為低階勞動階級的一份子，卻意外跟她少女時代的舊情

---

[3]　在1993年，蔡素芬以《鹽田兒女》獲得《聯合報》小說，長篇小說獎。
[4]　蔡素芬，《橄欖樹》（台北：聯經，1998年）。
[5]　蔡素芬，《星星都在說話》（台北：聯經，2014年）。

人重逢。女主角在少女時代跟舊情人分手，表面原因是女主角想要回歸婚姻體制（當時女主角已婚；她跟舊情人的關係是婚外情），幽微原因卻是這對男女私底下相信在兩人愛情小世界之外還有一個經濟大世界等著男人（也就是舊情人）去投入（而女主角已經被婚姻綁住，不能夠跟著舊情人投入淘金的壯舉）。中年的女主角跟舊情人意外重逢，發現聘用她的高階資產階級企業大亨竟然就是她的舊情人：這個男人當年放棄舊愛之後，果然換得金錢的成功。這個重逢極具戲劇性，不單單是因為男女重逢跨越了時間阻隔，也因為他們的重逢跨越了階級界線。這部小說的戲劇化結尾除了直接強調男女主角兩人的半輩子奇緣，也間接肯定了李登輝總統時代所津津樂道的「台灣奇蹟」神話。

《鹽田兒女》的繼承者是《橄欖樹》，前者的女主角是出身農家的明月，後者的女主角是這個農家母親的女兒：大學女生翔浩。《橄欖樹》呈現的時代背景應是台灣經濟起飛之後、流行文化開始大規模盛行的1980年代。或者可以說，1980年代就是符號經濟興起的時代，流行文化只要販賣沒有實質的符號即可以大發利市。《鹽田兒女》女主角的小女兒翔浩到了《橄欖樹》中，已經成為善於唱歌的大學女生：不但享有上大學的福利，還享有參加娛樂性社團的餘裕。跟上一部的女主角明月相比，翔浩算是雙重幸運的。翔浩身在台灣民歌運動的聖

地淡江大學（按，台灣民歌的先行者李雙澤等人在1970年代是淡江大學出身的），深受民歌運動傳統啟發，不只將唱民歌當作興趣，還去當年台灣民間盛行的民歌餐廳駐唱，收入比大學生當家教的收入還多。她是跨國通俗文化（也就是說，受到美國流行文化影響的「Creole式」本土文化）的消費者兼生產者。隨著台灣經濟起飛，翔浩的上一代女性（包括翔浩的母親明月在內）都買了房子，一方面是因為這些明月等等媽媽們都有錢了，另一方面是這些媽媽們都有婚外情的對象，而且這些婚外情對象剛好都是不知不覺就致富的男人。

這邊需要加上一個註腳：這些媽媽在年輕的時候都是愛情的受苦者，年老以後卻不再為情所苦，卻能夠享受財富，而財富主要是由當年辜負這些女人的男人所提供。也就是說，用金錢補償愛情的傷口，是「鹽田兒女三部曲」常見的「正義感」。剛才說這些老男人不知不覺致富了，其實是因為他們剛好都搭上了台灣經濟起飛的順風車，進行了各種合法與不見得合法的投資。在《橄欖樹》中，老一代的人物有錢，年輕一代的人物沒錢；但這些年輕人並不擔憂，因為他們身處仍然相對富裕的社會，都相信只要肯努力有朝一日就會有錢。

同性戀在三部曲中也被撞見了。在三部曲中愛情與是金錢形成的循環，突然出現破綻：《橄欖樹》書中某個女配角撞見心儀的男同學在跟別的男生做愛，一如晴天霹靂。表

面上，這個撞見同性戀的插曲也反映了小說出版當時（是書籍出版的1990年代，而不是書中描寫的1980年代）台灣社會對於同性戀課題的關切——當時台灣社會也突然撞見（早就存在的）同性戀。但是除了從表面上來看，也可以從隱喻上（metaphorically）來看：這對突然被女生也被讀者撞見的男同性戀者也突破了金錢與愛情的循環。他們非比尋常的行為並不像是其他角色經歷的愛情，也跟金錢願景無關。

　　《橄欖樹》的繼承者是《星星都在說話》，前者的主角是大學女生翔浩，後者的主角是翔浩在大學時期的男朋友：一表人才卻神祕冷漠的晉思。在《星星都在說話》中，晉思早就已經拋棄翔浩並且離開台灣，已經在美國定居十年以上。三部曲的第一部到第二部，是母親交棒給女兒，也就是垂直的（vertical）繼承，維持了女人的薪火；第二部到第三部，卻是女兒交棒給前任男朋友，沒有維持垂直的繼承也沒有維持女人的薪火。如果「鹽田兒女三部曲」可以稱作女性文學的代表作，那麼以男性作為主角的第三部曲似乎背叛了女性文學這個類別。但是女性文學是什麼？是由文本之外的女性作家還是由文本之內的女性角色所決定嗎？如果文本內的主人翁是男性而不是女性，那麼這樣的文本還可以放在女性文學的領域之內討論嗎？我的看法是，一個以男性角色為主的文學文本不見得適合放在女性文學的領域內討論，然而「鹽田兒女三部曲」的第

三部《星星都在說話》卻剛好非常適合：這部小說中的主人翁晉思畢竟還是前兩部曲兩位女性主人翁的繼承者。雖然這個男人就性別和血緣來說都不算是典型的繼承者，但他的故事畢竟建立在之前的女性故事之上。換個角度來看，這個男性故事剛好也提供了回顧之前女性故事的立足點。《星星都在說話》算是女性文學的離題（digression），但是這個離題卻為「鹽田兒女三部曲」開拓了思辨空間。

在《星星都在說話》中，晉思早就拋棄了翔浩，因為他認為社會地位（也就是經濟位置）比男女情愛更重要。他努力用功通過國家考試，成為台灣政府的高階公務員，派駐到美國上班，讓其他台灣公務員羨慕。然而一表人才卻又神祕冷漠的晉思總是在各個層面心懷危機感：他的公務員身分以及他跟台灣裔美國公民的婚姻都是他努力經營得來的特權，但他終究因為危機感作祟，終於將公職和婚姻都放手。身為控制狂的晉思改而自己創業，經營兩種生意竟然都有聲有色，蒸蒸日上，似乎完全不受美國景氣波動所影響。白手起家的晉思儼然成為美國夢成功的代表人物。不過，他抓得住經濟的甜美果實，卻也嚐到愛情的空洞。最後，他竟然異想天開，想要跟他拋棄多年的前女友祥浩復合。

2. 獅子、女巫，衣櫥

剛才說到《星星都在說話》可說是女性文學的離題。其實這部小說就連標題都在「鹽田兒女三部曲」之中顯得格格不入。

最基本的修辭學也會叮嚀詞彙排在一起的規則：「李子、棗子、桌子」是錯的（因為這三者不同類，不能相提並論），「李子、棗子、桃子」是對的（因為三者都屬於水果）。不過違規也可能帶來意想不到的趣味，例如《納尼亞傳奇》（*The Chronicles of Narnia*）的第一部標題竟然是《獅子、女巫，與衣櫥》（*The Lion, the Witch and the Wardrobe*）——三個完全不同類、沒有因果關係的詞突兀地放在一起，讓人難以想像這三者共同傳達的意義為何。但是《獅子、女巫，與衣櫥》這個不按牌理出牌的刺眼標題卻足以成為難以讓人忘記的奇葩。

《獅子、女巫，與衣櫥》這個標題讓我聯想到「鹽田兒女三部曲」《鹽田兒女》、《橄欖樹》、《星星都在說話》這個「不協調」的組合：第一部和第二部的標題都標示了具體的、時空座標鮮明的象徵——「鹽田」與「橄欖樹」。這兩個標籤充滿了歷史性和物質性：「鹽田」標明了台灣的農

業社會、務農維生的貧瘠年代；對1970年代之前出生的台灣人來說，「橄欖樹」則讓人輕易聯想到名作家三毛和名歌手齊豫，暗示了台灣脫離農業經濟、開始嚮往異國的工商業時期。但《星星都在說話》在這個系列中卻不安份：這部小說的核心象徵並不是「星星」。《星星都在說話》這個標題看不出歷史性或物質性，但是小說內容卻比前兩部曲更加深刻，並且靈活地刻畫了歷史性和物質性：台灣進入全球化，只要可以跟跨國資本主義進行各種交換，那麼台灣的一切人事物都可以出賣。《星星都在說話》的標題和內容都跟前兩部曲唱反調。但我覺得《星星都在說話》帶來的不協調卻為三部曲帶來難以預期的轉機與生機。

《鹽田兒女》、《橄欖樹》都將重點放在家族陰影下的女性：第一部的主人翁明月（祥浩的母親），和第二部的祥浩，都是嚮往自由（含：感情與肉慾的自由）卻不得不跟家族協商的堅毅女子。她們都愛上瀟灑卻留不在身邊的一等一美男子（分別是祥浩的生父，以及晉思），但終究只能跟次等的男人在一起。說她們「吃碗內、看碗外」是有一點點的道理；與其說她們更珍愛的男人真的比一般男人高人一等，不如說經常受到外在因素困住的她們更傾向、羨慕那些可以拋開一切束縛向外移動的男人，而不願忍受身邊同樣受困、同樣走不開的男性。也就是說，與其說她們全然鍾愛某些男人的本身特色，還

不如說她們或多或少被這些男人的行動力所吸引。有能力逃出困境的人就是好男人。這種「不自由女性／自由男性」的配對看起來是小說家在三部曲中愛用的安排，也能在其他角色身上發現：如，晉思的母親明月，和明月的婚外情對象。

《星星都在說話》乍看之下不像第三部曲，是因為它不再聚焦在「家族陰影下的女性」，改而主打「冷眼旁觀家庭的男性」。前兩部的女性有心叛逆卻認命，第三部卻寫出晉思一輩子不認命、想要打造不被他人擺布的生命軌跡，最後這個成功的男人卻覺得一生虛無空洞。誠然，晉思後來轉業成功，但他在生意上的得意恰好對照出他在各種感情關係中的失落。前兩部曲隱隱暗示，只有離家的男人才能成為被人羨慕的贏家，而女人只能承受守在家中動彈不得的宿命；第三部卻推翻了這種價值評斷，揭示晉思這種在美國繞了一大圈的男人未必值得女人羨慕。也就是說，前兩部曲中女主角所妄想的男性行動力，在第三部曲的男主角手上成為一個玩膩的玩具。

主人翁晉思可能是晚近期台灣小說中值得玩味琢磨的男性角色之一。他是小說家的險棋：他這個充滿瑕疵的角色，不見得容易獲得讀者的認同、喜愛。他的人生追求多種高潮卻又一再陷入反高潮，曾經自己以為可以成為英雄的他終究是個反英雄，然而正因為如此他才特別讓人難以釋手。我認為「鹽田兒女三部曲」之中最深刻複雜的角色就是憂悒的晉思，其他角

色,不分男女年紀,跟晉思一比都相形失色。不過,正因為晉思這個角色比較複雜,所以他也就特別「不可信賴的」:他的言行感知,都要打點折扣,不能讓讀者盡信。「不可信賴的」角色在小說中並不是被寫壞了,而是被寫得狡猾、足以跟讀者鬥智。因為晉思的個性,他可能自欺欺人,將他自己、老情人祥浩以及讀者催眠送入美夢。

　　晉思這個角色的複雜性可以從愛情與金錢兩方面來看。在愛情這方面,他曾經覺得島內的愛情沒有前途,所以他放棄深愛的祥浩;他跨國到了美國,刻意追求對他前途(錢途)有益的美國公民女子倩儀——倩儀是台灣裔美國公民也是事業心強的女強人。但是積極結合愛情與金錢的晉思也吃到苦頭:他如願在美國住下了,但是他永遠要擔心他自己不夠有錢、不夠美國化、妻子倩儀不夠愛他(或者可說,美國人不夠愛台灣人)。於是,他便處處矯枉過正:他要追求更多的金錢,他要比美國人更像美國人(至少在追求創業成功這方面),他要讓倩儀哀求他而不是由他哀求倩儀挽救婚姻。值得注意的是,創業的他,僱用有色人種人士為他效勞,看起來這個台灣人幾乎就像是個在新大陸的殖民者。這個終究取得美國護照的台灣男人,一方面總是不夠美國化,另一方面卻又太美國化了——努力融入美國的焦慮讓晉思的主體性充滿裂痕。

3. 南國雪人，雪國南人

　　《星星都在說話》一開始就祭出意味深長的象徵物，只不過這個象徵並沒有被小說家刻意彰顯：雪。長期嚮往美國生活的晉思已經一償宿願，派駐到美國高緯度的中西部工作。曾經以為雪代表北國（美國）生活的晉思不再欣賞雪景之美，卻開始痛惡雪災帶來的不便。晉思對於雪的態度丕變，也就意味他的美國夢已經變質，正是中年危機的徵兆：他所一磚一瓦努力砌成的堡壘，終究成為囚禁他自己的監獄。

　　小說一開始，晉思和倩儀各自在雪中開車回家，無法聯絡彼此，只能各自面對白茫茫的天地。這個溝通失敗的處境正好預言了這對夫妻將要面對的婚姻難題。倩儀跟前兩部曲中的女人大不相同：在前兩部曲中，女人都要委屈自己，成全男人；在第三部曲，倩儀這個美國女人卻大致上跟男人平起平坐了：她跟丈夫一樣有錢，也一樣享有風流外遇。倩儀在金錢和愛情上面跟晉思旗鼓相當，甚至跟晉思一樣可以自己開車趴趴走。當然，夫妻各自開車各自行動是美國中產階級的日常習慣，但是在「鹽田兒女三部曲」的框架中，具有行動力的倩儀跟三部曲中的其他女性角色形成強烈對比。晉思在這部小說中有意無意進行的工作之一，就是要馴服這個在金錢，愛情，行動

力都太囂張（對台灣傳統男人來說算是囂張）的美國妻子。

　　晉思不但進行「馴悍記」（*Taming of the Shrewd*），也馴服自己的兒子。在雪夜之後的白日，晉思慫恿兒子一起堆雪人，但他沒耐心等待賴床的兒子，不等兒子起床，就自己堆起雪人，完成之後卻馬上覺得徒勞無味。這個「背叛」兒子的行為，顯示晉思根本不懂得身為人父的樂趣，也顯示他的孩子氣。他對待兒子的奇異態度，暗示了兩回事：一，與其說他是個愛妻兒的標準爸爸，不如說他對於自己的家庭也保持旁觀而不耐煩的態度。二，他曾經以為雪人象徵了美國日常生活的幸福以及美國式的親子歡樂，但親手做了雪人之後才知道這個象徵物是多麼寒酸廉價。

　　雪國南人，南國雪人，正好是晉思這個人的圖像。他是出身南國（台灣）的人，千方百計來到北國（美國），卻只能堆砌沒有使用價值的雪人。他從南到北的經歷，到頭來是一個錯誤的人放在錯誤的地方。對於留守在台灣的公務員來說，同是公務員的晉思卻能派駐美國，就像美國電影中的雪人一樣遙不可及、漂亮得讓人羨慕；但晉思本人很清楚，他不是被派到紐約之類的外交重鎮，而是到中西部，沒有活動可辦，沒有影響力可以施展，沒有成就感。他也像雪人一樣馬上就要融化：他跟別的公務員一樣即將輪調回台灣：也就是可能讓他融解消失的南國。

晉思想離開美國的雪，但捨不得他爭取來的留美特權，所以他的出路並不是回到南國台灣，而是另一個南國：美國德州的聖安東奧（San Antonio）。說聖安東尼奧也是南國並不為過；歷史上這塊地本來不屬於美國領土，而是美國從墨西哥掠奪而來。晉思離開美國北方轉進美國南方的意義之一，是他揮別了白人稱霸的、中上階級的北方，進入墨西哥人、拉丁美洲人繁盛的、工人和窮人階級明顯的南方。晉思的國內南北移民一方面悄悄應和了前兩部曲：以男女情愛作為前景的《鹽田兒女》和《橄欖樹》其實都以島內移民作為背景，前者是從台南的鹽田移民到高雄的港口，後者是從南台灣移民移民到台北。另一方面，看起來是跟他的胞兄為伴，哥哥早就在聖安東尼奧落腳多年。值得注意的是，哥哥對晉思（以及嚮往移民壯舉的讀者）在無意之間潑了兩次冷水。第一次潑冷水，是晉思看見的哥哥生涯。哥哥比晉思早一步成為美國夢的圓夢者。一直被旁觀而鮮少直接面對讀者的哥哥，早在《橄欖樹》中就是個投身音樂的奇才，後來還被父母資助赴美深造攻讀音樂（而晉思並沒有拿父母的錢出國——兄弟在這一點的境遇差異在三部曲中如梗在喉）。而曾經被父母捧在手心的這個天之驕子，在聖安東尼奧的工作是教高中、當音樂家教。在美國當老師也算是不錯的行業，但跟原本在台灣充滿雄心壯志的憧憬之間存有不少落差。這個落差是否衝擊了哥哥本人，並不得而

知；但是這個落差必然衝擊了曾經想要超越哥哥的晉思。

第二次潑冷水，發生在哥哥陪晉思遊歷聖安東尼奧的時候。晉思隨口問哥哥：你都帶朋友來逛這些景點嗎？未料哥哥卻答：你覺得我會有很多朋友嗎？言下之意，答案是沒有。台灣島內移民和赴美跨國移民的最大差別之一，在於前者可能累積患難之交，而在後者，美國這個移民社會，卻可能交不到朋友。我將朋友的有無當作孤獨的指數：《鹽田兒女》中的明月和《橄欖樹》中的翔浩固然也有離鄉打拼的辛苦，但她們並不孤單；晉思和哥哥算是三部曲中享受較多特權的角色，但他們卻要各自面對難以與外人道的孤獨。

4. 請星星代位清償

《星星都在說話》的前面四分之三內容呈現主人翁晉思馴服倩儀，最後面四分之一展示晉思回頭追求他在22年前拋棄的大學時代女友祥浩。在小說最末，晉思對祥浩說情話。他說，「星星都在說話。」女方愣了愣問，說什麼？晉思自以為幽默且溫柔回答：「都在說我愛你。」

晉思假借星星述說愛意，在高調凸顯愛意的同時，也低調打發了歉疚：大聲說了我愛你，也同時輕輕說了對不起。22年前，晉思為了追求一己的夢想（也就是出人頭地），疏離女

友祥浩，投入移民美國之路，卻又在中年之後回頭祈求祥浩復合。他希望星星幫他說話，用台灣流行語彙來說，就是「代位清償」（subrogation）。也就是說，晉思虧欠祥浩，卻用一種裝可愛的口吻宣稱星星可以代替他這個男人來對女人說心事。託稱星星說話的這種對話在談戀愛的高中生口中說出，叫可愛；而在早就四十而很惑的晉思和祥浩口中說出，卻是勉強回春的蒼涼。

雖然我指出星星代位清償的荒誕，但我並無意否認這對破鏡重圓中年男女的浪漫，無意否定晉思這個薄情郎的濃情蜜意，更無意質疑星星說話作為這部小說標題意象的價值。我是要說：他們的重逢畢竟錯過了有花堪折的最好時光、晉思的絕情和深情是一體兩面、說話的星星偏偏正是特別適合這部小說的意象。我認為「星星在說話」這個題目的詮釋之一是「沒有人敢用自己的名義說話」：並不只是晉思和祥浩之間靠星星傳話，其實晉思不管在美國還是在台灣，不管是對妻子、對家人，還是對他自己，都欠缺率直溝通的勇氣。他的對話對象也用迂迴的態度折磨他，折磨彼此。書中人物之間習慣客套、說假話、揣摩對方的心思，以為是給彼此面子，卻一再錯過彼此。

雖然這部小說以晉思和祥浩的情話做為全書的壓軸，但值得注意的是，這對男女關係並不是全書的重點。這是一部男

主角獨大、搭配多種女配角、沒有女主角的小說。晉思像是張愛玲小說〈紅玫瑰白玫瑰〉的男主角振保，自以為是、自作聰明，以為只要靠他一個人的算計和拼命就可以圓夢。晉思用沿路撿石頭的心態找尋伴侶：他並沒有跟大學時代的祥浩定下來，是因為曾經野心勃勃的他並沒有把出身台南、高雄的祥浩當作夠大的石頭（夠值得的投資對象）。他有美國夢，所以他決意跟台灣裔的美國公民倩儀結婚，盤算可以藉著倩儀獲得美國公民的身分。然而晉思和張愛玲的振保一樣，以為自己是自給自足的主體（self-enclosed subject），以為光憑個人主義（individualism）就可以取得愛情與金錢（事業）的成功。這兩名男人可能會覺醒，也可能不會醒來：他們的主體性其實需要跟他者（Other，在這邊指的是女人）不斷疏通，他們的個人主義其實建立在他們在社會結構中碰巧佔有的既得利益之上。正是因為他們誤以為一切都可以有他們這種獨立能幹的男人所全面控制，所以他們的成功事業只帶來快感維持三分鐘的成就感，他們的苦苦追求的愛情也容易化為泡沫──他們的主體性和個人主義並沒有他們想像的那麼可靠穩定。

在研究「鹽田兒女三部曲」的這份報告中，我發現這一套「女性文學」代表作展現的歷史既有斷裂性，也有延續性。斷裂的地方往往是男女愛情斷腸時，而延續的地方總是由男人藉著行動力之便翻山過海所獲得的金錢來修補。這裡所說

的歷史，不但（顯然）是女性文學的愛情史，也（隱然）是台灣的經濟史。在全球景氣低迷、各國將中國拱為全球金主的此時此刻，「鹽田兒女三部曲」看起來打造了跨越年代、跨越國界的幸福經濟。三部曲的感情觀是哀婉的，經濟觀卻是鼓勵人心的：在三部曲之中，在情場失落的人，只要改在職場、商場努力，就可以彌補失落。也就是說，越哀怨，越賺錢。我在肯定「鹽田兒女三部曲」為21世紀下半葉的台灣女子立傳，同時仍想要丟出棘手的問題：如果情慾男女並不能在穩健的經濟環境中取暖成長，如果他們像現世的我們一樣遭受各種自由貿易（美言為「競爭」）的襲擊，那麼情人們要如何安身立命？

我拉出的經濟面向，跟三部曲持續關切的「移民」課題密切相關：不但有島內的，也有跨國的移民。「移民」課題跟經濟課題密不可分。在台灣人從台商變成台台勞，當世界上的經濟火車頭不再是美國而是「鹽田兒女三部曲」並為提及的中國，在台灣早就不再算是亞洲四小龍的2010年代，缺錢的我們還能夠如何想像談戀愛的可能？這些問題說不定也可以作為小說家蔡素芬更上一層樓的起點。

參考書目

Kristeva, Julia. "Women's Time." Trans. *The Kristeva Reader*. Ed. Toril Moi.
New York: Columbia University Press, 1987. 187~213.

蔡素芬。《鹽田兒女》。台北：聯經，1994年。

蔡素芬。《橄欖樹》。台北：聯經，1998年。

蔡素芬。《星星都在說話》。台北：聯經，2014年。

三十年間，或兩個世紀之間
——文學、他者、女性

李惠鈴（이혜령）

韓國成均館大學東亞學術院教授

林筱慈　翻譯

1. 386世代的性別（Gender）

　　從現在往前追溯三十年又或者在兩個世紀之間發生了什麼事？換個角度想看看的話，又會是怎樣的情況呢？作者金仁淑的三十年間，或者是作者申京淑的兩個世紀之間；還是申京淑的三十年間，金仁淑的兩個世紀之間，那是怎樣的一個世界呢？金仁淑在大學二年級時，其作品「喪失的季節」得以發表於《朝鮮日報》的新春文藝，於是開始了她的作家生涯。申京淑則是以短篇小說〈冬天的寓言〉當選季刊《文藝中央》的新人文學獎，開始她的作家活動。1963年出生的她們，不論是她們的青春或是今日的人生都是特別的。這是因為當她們以作家的身分開始與這個世界接觸的1980年代，正是386世代以於1987年夏天達到高峰的民主化運動展露他們自身時代性的時

期。所謂的386世代是在1990年代後期出現的用語，指的是於1960年代出生，80年代擠入大學就讀，現在（以1990年代為基準）三十幾歲的人們。在此之前，在韓國也有許多與政治的劇變有關而得其所名的世代名稱，如4.19世代、6.3世代等。但是，特別強調大學時代的經驗作為世代命名，則是386世代獨一無二的特色。1980年代的學生運動具有足以撼動韓國社會政治板塊的力量。大學畢業以後，386世代以學生運動的經驗與人際關係為基礎，在社會的各個方面發揮了他們的影響力。他們以發動學生運動的力量，進而促生國民的政府與參與政府，並在IMF外匯危機之後，主導了IT產業的經濟成長。他們不僅是受惠者，在文化方面也是將韓國電影推向國際、創造出一股韓流的世代。轉眼間，386世代來到了人生的40、50歲的階段。在一般的認知上，他們不僅代表了政治上的意義，也是一群將自己大學時期的大眾文化再生產、傳播，具有自己文化特色的世代，更是最後一群白手起家，靠自己的努力晉身中產階級的世代。對於後起世代而言，386世代當然是讓人羨慕並帶給自己相對剝奪感的一群人。他們是一群在1980年代末期與民主化熱潮一起席捲韓國的後期資本主義與新自由主義的激浪裡安然無事的世代。

　　在上述的這些意義之中，我們可以毫不遲疑地說這兩個女性作家的30年間是「成功的」。這是因為她們將自己20幾歲

時在首爾光化門與市廳的街頭熱情與激情當作自己文學作品
的原型，開始了作家的創作旅程。在50歲過後成為韓國代表性
作家的她們共享了自己世代努力而來的成功。然而，在這裡
如果不去探問386世代所談論的性別（gender），我們是無法
靠近這些作家的。就像代表386世代的最後一個政治領袖與象
徵的故盧武鉉總統，其意味著386世代的性別（gender）是男
性的。他們的學生運動不管是街頭暴力或是不惜被逮捕、入
獄、拷問等，都是具危險性的活動。因此，不論是校園示威或
是街頭抗議的鼓吹都是暗中地交由祕密組織裡那些想著即使入
獄也無所謂的男學生負責。在抗議的最前線隊伍裡也是男學生
必須手挽著手堅守的位置。此外，與他們相關的勞工階級的世
界則是資本與權力更加恣意地行使日常監視與暴力的所在。加
諸於勞工的差別性暴力有多麼地嚴重，已經透過權仁淑將1986
年富川性拷問事件公諸於輿論以及「敘事化」的主張裡嶄露無
遺[1]。收押權仁淑的公安政局一方面表示性拷問並非事實，一
方面動用輿論批判偽裝就業者的大學生權仁淑，認為她將暴露

---

[1] 富川警察署性拷問事件。1964年生的權仁淑就讀於首爾大學時，為了
    參加1985年的勞工運動，於是偽造身分證以及學歷，到富川的某家工
    廠工作。隔年六月被依偽造文書罪收押。然而，刑警文貴東在審問
    有關1986年5月的仁川事件的相關人員下落時，對權仁淑進行了性拷
    問。遭受到性拷問的權仁淑在人權律師們的幫助下對該刑警提出告
    訴。最後，權仁淑還是以散布不實謠言入獄服刑。1987年6月的民主
    化運動以後獲得假釋出獄。

與性當作革命的道具，認為這是運動權裡一種最卑劣的惺惺作態。但是，就權仁淑的主張是，其自身所經歷的暴力，與其說是加諸於女性身上的，不如說是一種打壓勞工運動的暴力。[2] 作為一名女性、一名大學生，權仁淑極度地警醒著才剛開始萌芽的勞工階級運動的社會意義受到毀損。這不只是因為她依照當時立基於馬克思主義的韓國社會運動為典例，於是認為階級的範疇比女性的範疇更為重要。我們反而可以說權仁淑將加諸於自己身上的暴力當作證據保存下來，進而想要讓當時不論在社會上還是政治上都處於「他者」的勞工階級的社會性存在被看見。

日後，386世代的男性的性別主體性就包含了象徵抵抗拒馬的戰士或是無畏大型起重機的烈士的勞工階級過度男性化的情況以及那些象徵著戰事或是烈士的大義赴死的現象。此外，386世代的性別主體性也在對抗國家權力與資本暴力的抗爭運動與暴力的形成裡被賦予。因此，386世代的形成過程中，充滿了對暴力的恐懼與不安，此外，也瀰漫著對於暴力中死去或消失的人的虧欠感與罪惡感。在街頭的每一天，即使是正義或是勝利的慶典，那天的街頭也不是人生裡日常場所與時間，也許哪一天忽然就必須不一樣的生活、不一樣的死亡。申

---

[2]　權仁淑，《越過一道牆：富川署──性拷問事件當事者的自白書》，거름，1989，p.231。

京淑與金仁淑小的出發地就是這樣的「80年代」的內面。我們所說的「80年代」就像「近代性」一樣，它並不是年代上的時間點而是質量的時間概念，「80年代」的內面是悽涼卻也豐富的。當386世代因為在政治、文化上佔有主導地位以及因為經濟的安定而在社會上得到主流地位的同時，這兩位女性作家的文學作品裡卻包含了我們所遺忘的，相對於386世代的他者面貌。在申京淑的作品裡，這些面貌包括了當自己的朋友在街頭抗議的同時，努力告訴朋友自己還好好活著的訊息，最後卻在自我囚禁的過程裡因厭食症而死亡的女子[3]，又或者是在金仁淑的某個小說作品裡，發現在介紹自己時，除了名片上所印的「我是教授。國立大學的的現任教授。」之外，對自己毫無其他可說的中年男子，其再了解這樣的事實之後，反而希望那個拿刀想要刺酒店老闆娘的殺人未遂者就是自己。[4]

2. 集團大義（cause）與生理性生活（flesh）

所謂的「學出」指的是成為勞工的大學生、大學出身的勞工運動者。在韓國的勞工運動史或是進步黨史裡都對這些人

---

[3] 申京淑，〈遙遠的路〉，《風琴在的位置》（1993），文學과知性社，2003。申京淑，《哪裡會響起找我的電話鈴聲》，2010。
[4] 金仁淑，〈被刀刺傷的痕跡〉，《等待銅管樂隊》，문학동네，2001。

的功過做了評價，但是這並不只意味著他們以馬克思歷史的唯物論為基礎、作為歷史的主導階級而肯定勞工階級的存在。這樣的行為常常被稱為「存在轉移」。因為拒絕與生俱來或是外在環境賦予的主體性，進而想以其他的方式存在。然而，這樣的行為遭到社會的排擠。這樣的行為是一種在政治上全然地肯定弱勢他者存在的方式，一種想要克服內心的不安與擴展自身的可能性的實存的企投。1980年代後期金仁淑的文學轉身就是依照這樣的概念而來的。

這樣的文學轉身，就想要立足於高峰的想法來看，跟金仁淑的作家處女作〈喪失的季節〉[5]的主題相似。在這個作品裡，金仁淑自我告白說：在投身「80年代」勞工文學之後，有好長一段時間都無法得到和解。此小說的表現本身並不露骨，但卻因為描述了男女大學生在草地上野合的內容，讓她的文名既發光也蒙上了另一種陰影。某個藉由沉浸與男子的性愛關係來確定彼此的存在與關係的女大學生「我」卻下定決心只要男方提出結婚的要求就立刻分手。但是在她得知男方因為一場意外而全身燒傷、不舉之後，卻預想自己會主動提出結婚的要求，小說就在這裡落幕了。小時候，從面相家聽到八字輕、命運乖舛的「我」已經可以欣然地接受這樣的人生了。金

---

[5]　此作品收錄於金仁淑的小說集《刀刃與愛情》（創作과批評社，1993）。

仁淑投入勞工文學也許就像這個小說的主角一樣，這是一個朝自己而來的定言令式。

在1987年發表的長篇小說〈79-80，從冬季到春季〉處理的就是1979年掌權長達18年的朴正熙死後，曾經一度對民主化充滿期待與熱情，但卻因為新軍部而經歷了慘酷的80年的春季。金仁淑發表這小說的同時，也開始了她的文學轉身。小說裡南北韓分裂與軍事獨裁等歷史都深刻地表現在各個人物的生活裡。在這小說的結局裡，主人公潤益說：「因為有這些群眾，所以我不孤獨、不難過也不會倒下去。」收錄於1989年的〈一起走的路〉的作品裡，這樣充滿自我意志的發言，透過描繪1987年的民主化運動經過與勞工階級的組織與運動裡被實現。

從1987年到〈一起走的路〉這部作品問世的1989年之間，韓國社會、政治都發生了巨大的變動。雖然略述這些事情是有些無理，但是又必須要去概括這些事情。特別是1987年6月爭取直選修憲的民主化運動隨即轉為7~9月的勞工大抗爭。首爾的抗爭趨於穩定了，但勞工抗爭卻是全國沸騰。根據具海根的說法，「1987年夏天是韓國資本主義在發展的過程裡那些被忽略的所有矛盾以及長久以來勞工累積的不安，透過勞工抗的方式浮上檯面的特別時期。7月到9月的三個月時間內爆發了3000件以上的勞工抗爭。這個抗爭數字凌駕了過去20年間急速商

業化過程裡所發生的勞工抗爭數字，幾乎中斷了大規模的商業生產。勞工抗爭以驚人的速度與熱潮席捲全國。」1987年爆發的大規模勞工抗爭……是韓國勞工階級的形成裡最重要的一環。[6]勞工抗爭的目的不僅在於更高的工資，更是為了保障勞工的長期利益，而要求成立組織，即民主勞工聯合。[7]另外，1988年，新政權產生失敗，第五共和依照直選制度掌管政權。這年，大學生們在首爾奧運會開幕在即的夏天熱切地追求統一運動。伴隨著統一運動，為了釐清光州抗爭的真相的運動也相繼展開。此外，反美也從大學校園開始轉為大眾的熱門話題。另外，隨著民主化的實施，在80年代因為軍政府政變而一律停刊的主要雜誌又得以復刊。1989年春天標榜社會主義勞工運動的《勞動解放文學》創刊。這樣的勞工大抗爭對於許多知識份子與大眾來說，歷史的唯物論似乎在遠東的朝島南端得以實現。立足於馬克思主義的韓國社會的階級論分析和變革的範例提出，以及隨之而起的理論辯爭都成了具有進步思想的知識份子的工作。此外，開始主張包含文學在內的各種文化領域都應該為了勞工階級、因應勞工階級的轉變而改變。

---

[6] 具海根，申光英譯，《韓國勞動階級的形成》，創作과批評社，2002，p.223-224。

[7] 同前頁，p.232。

　　我們可以說收錄在《一起走的路》的各個短篇作品，都
是這些巨大的政治、社會、文化變動的紀錄與參與者。特別是
描述繼1967年5月直選之後，於1987年再次實施的12月總統選
舉的「江」，又或者是描述美國業主想要祕密地將工廠轉移到
中國，工廠勞工爆發抗爭的〈再次站在星條旗之前〉。這些作
品的特徵在於將這些抗爭的意義與連接青年世代的父親與祖父
世代所經歷的韓國解放後的各種歷史經驗。舉例來說，〈再次
站在星條旗之前〉裡重疊了參與美文化院靜坐佔領的青年的故
事與40年前因為參加8.15解放年紀念活動後，受到美軍槍傷而
不舉的祖父以及貧窮家境的關係而被送到孤兒院的父親的故
事。他透過找尋離散家族的電視節目[8]，找到了自己的大伯，
並得知父親因為在韓國戰爭時加入左翼組織，於是入獄服刑很
長一段時間。但他終究擔心受到連坐法的處罰，所以選擇不再
繼續尋找的父親。這樣的故事設定將民族的傷痕與矛盾具體
地表現在所謂的家庭日常生活單位裡，然而反共主義的規律
阻礙這些傷痕的修復與糾葛的解開。反共主義具有只要違反
這些規則的話，既有的權利或是生存的基本條件都會被剝奪
的威力。這是因為只要加入勞組的設立運動就會被貼上「共

---

[8]　韓國電視台（KBS）從1983年6月30日到11月14日為止，經過138天、
　　453個小時又45分，實況轉播因韓國解放及韓國戰爭而分散的南北韓
　　人再次相遇的情形。當時，有10189人相遇重逢了。

「匪」的標籤，然後列入黑名單，以後就連到其他工廠工作都很困難。此外，面對勞組的設立的行動，資方一般就是關閉工廠，這對勞工來說是很大的生存威脅。作為經濟共同體的家族、工廠的同事們都成為了勞工運動直接的、實質的阻礙與以及必須去摧毀的牆。金仁淑在1988年以小說家的身分參加了一個為了成立某一個樂器製造公司的勞組而發起的靜坐抗議，並發表了〈團結一致的那天〉，或是處理相同主題的〈鄰近的火光〉等作品裡，著重的即是勞工之間的糾葛與反目，勞工身分的一家之主以及不安地盯著這些事情的妻子視線。這些作品敘述著在大團圓裡，歷經糾葛的勞動者團結在一起時所能實現的大義與希望。然而，金仁淑又敘述出在大義的實現與希望達成的延宕與時間上的遲緩裡，人們看見了自己與他人的卑劣之處。曾經彼此熟悉的大家日漸疏離，並感到不安的情況。收錄於金仁淑1993年《刀刃與愛情》裡的〈你〉或是〈某個女人的故事〉針對上述的內容作更進一步的描述。〈你〉這篇小說聚焦於因為稍晚才加入全國教職員組合運動的丈夫對於家中生計漠不關心，並且隨著丈夫對該運動越來越熱衷而感到不安的妻子潤英身上。潤英的不安一方面來自一家之主拋棄了自己應盡的責任，一方面也是因為丈夫追求的東西只是一種抽象的存在，於是阻斷了彼此之間的溝通可能。對於平凡家庭主婦的她來說，透過溝通才可以感受到彼此共同生活的事實。作者透過

潤英想說的是，所謂的溝通不是明日希望或幸福，而是開始於分享今日的「現實」與「苦痛」。另一方面，〈某個女人的故事〉透過獨特的設定，對將歷史的傷痕意義化的方式提出疑問。對於一個連自己的親生父親都不知道是誰的女子，對她慈愛、關懷有加的繼父在韓國戰爭時是一名服役於游擊隊的長期囚犯。他在服役了25年之後期滿出獄，但卻因為社會安全法又再次被收監。他不顧妻子的埋怨，堅持不願寫轉向書，故又開始了牢獄生活。在當代的小說裡，我們不難看到藉由將父親設定為韓國戰爭後的游擊隊或是左翼的身分，進而想要重新構築歷史系譜的敘述方式。但是將慈愛的繼父設定為共匪的情況並不常見。大部分的小說都是將父親的生活昇華為歷史意義，同時透過支持父親參加當代的民主化運動或是勞工階級的運動的方式，表現出與曾經讓家裡變得不幸的父親和解。然而，金仁淑卻是將情節設定成女子為了尋找突然在獄中消失的繼父的蹤跡，而離開了母親與新的繼父、並在離家後成為女工，最後淪為酒店服務生的內容。這樣的墮落對女子來說其實是體會因為共匪的標籤而在公、私領域都被社會所排斥的繼父人生的方式。

然而，這個故事透過從小時候就喜歡女子的鄰居大哥哥、後來成為勞工的勝基向我們提出了一個更有趣的疑問了。勝基在報紙的某個角落看到女子繼父出獄的消息，並開始

打聽他的消息，同時也參加了籌備勞組的活動。勝基因為對女子的迷戀，進而對女子的繼父的消息有所關心，也因此疏忽了關於勞組的事務。其實，勝基對於勞組的關心是起於個人的情感，但某個勞工運動的相關人員卻將這一切定義為未轉向的長期囚犯、歷史與民眾的問題。作家透過勝基想要向問我們提出的疑問是，勝基真的可以接受被貼上娼女的她作為自己的鄰居、戀人、妻子嗎？這個疑問讓問題的本質變成公領域／私領域、歷史／個人、政治／愛情等二分法，但這並不是為了要引導出歷史的審問和意義比起個人關係的倫理更重要的答案。我們只能說這個問題的答案是無法以接受歷史的意義與應當性來替代的。

所謂的大義是未來的，所以任何時候它都只能以語言的形態被保存、維持。相反地，所謂的生活則是根本的、現在的，是一種細胞新陳代謝的生理性日常生活。相對於實現、完成大義所需的時間，作為一個人被賦予的生命時間是很短的。這樣的有限性冷淡地要我們看清對於未來的企投是無法貫穿每一天，且生活極為世俗的基礎與價值。舉例來說，在申京淑的《冬季寓言》等小說裡穿插許多人商人跟計程車司機發火地抱怨因為80年代多數的大學示威而讓自己的生計受到損害的情節。此外，〈漸遠的山丘〉裡描述了首爾的變化讓在「88年大選」之前，結束三年在中東的建設工作，再次回到韓國的男

子覺得自己已經跟不上時代了。描述首爾變化的敘述如下，「就像房價、地價一樣，人的意識也都正在改變。只剩下哪家三溫暖的水源乾淨、哪家店的烤鰻魚好吃的話題而已。」[9] 事實上，「1980年代」是炒房與股票熱潮正式將漢江以南、以北兩大地區二元化的時期，也是人們價值與意識急速轉變的時代。曾經對於政治充滿熱情的人跟享受著三溫暖與外食的人是同一群人。在〈遙遠的路〉裡，為了正確地與自己的世代連結，於是透過話者問說：「街頭的熱情都消逝到哪裡去了？」並且說道：「沒有任何事情得到改變。1963的人一瞬間感到自己變得單薄，同時感到這不是單純的失敗而是一種希望的失敗。這是不管怎麼努力都無法成功的事情。我們的希望就只是一場消磨戰，也許一次都無法擁有的1963年生的價值，它毫不留情地崩毀了。」[10] 但是這樣的敘述並不像在1994年在韓國造成空前轟動的某個詩集的詩句「30，宴會結束了」[11]的後日談般的嘆息方式。

1980年代的以急進理念的追求、街頭政治的方式出現的韓國社會變革運動，隨著直選修憲與政治的解放等慢慢地緩和下來。80年代末期開始的東歐與蘇聯解體引發了對急進理念的

---

9 申京淑，〈漸遠的山丘〉，《風琴曾在的位置》（1993），文學과知性社，2003，p.93。
10 申京淑，〈遙遠的路〉，同上書，p.274。
11 崔英美，《30，宴會結束了》（創作과批評社，1994）的題頭詩。

廣泛懷疑。在這過程當中，一直到1990年代中期為止，韓國的高度經濟成長、消費資本主義逐漸侵蝕人們的生活。後日談的文學傾向就是如實地敘述出原本神聖的大義追求忽然轉落世俗、成為去神聖化的經驗。這也表現在被拋棄者的自我厭惡、進一步對集團大義感到懷疑。然而，申京淑選擇用更特別、更長時間來記憶這場宴會。

應該為大義而奉獻、非日常性的時間裡，人們無法學習到維持生活的基本技能，最後認清到自己對自己、對社會已經感到不信任的事實。有些人像平步青雲一般，有好的事業成就與婚姻；有些人則是無法適應任何生活方式，於是就連自己最親近的人也都避之唯恐不及。1985年申京淑的處女作《冬天寓言》早已描述這樣的世界了。在這個小說裡「他」是屬於後者的類型。重要的是，話者看著這樣的他、不斷回憶過往的視線與態度。現在是國小教師的話者「我」在大學的時候只能看著他在他的同伴們手挽著手從陽光耀眼的學校退到圓環，在當時，話者只是一個貧窮的大學生。話者雖然沒有辦法跟他們一起手挽著手，但是話者記得他、記得那些日子。那個他接受了朗讀宣言的危險工作，但是他終究無法適應運動圈內外的世界，於是那個他連自己都逃避了。無法參加運動的話者覺得自己與無法適應運動內外世界的他是有無法擺脫的牽連關係的。冬季，話者聽到關於那個他的消息，於是決定前往拜

訪。但卻在他母親為自己送行的路上，突然吐血、暈倒。話者在背起他母親的時候，透過老婦人單薄、乾瘦的身軀，話者再次透過母親擔心參加運動的兒子而日漸消逝的身軀，而感受到當時的他所處的情況有多危險。如果這是一個愛情故事的話，那麼當時的愛情就只能是以這種方式進行。換句話說，就是以不斷地問候過往的事情，並與之談話，與過去的一切、時光同居的方式戀愛。在這裡我們應該要討論一下申京淑文學世界裡與母親角色同等重要的另一個角色——說話結巴、因厭食症而死去的20歲出頭的女子。這個作品裡的話者很久之後才聽到自己故鄉J市的朋友伊淑的死訊，並問了一句「當伊淑在這個世界上逐漸死去的同時，我們在做些什麼呢？」那時候，6月，朋友們正參加被催淚彈波及而死去的某大學生喪禮以及參加超過百萬名的示威隊伍。「然而，我們給過伊淑過那樣的機會嗎？」話者與朋友們自責地說。收錄於1993年出版的《風琴曾在的位置》裡的〈織女們〉也出現過這樣的人物。在〈遙遠的路〉裡，伊淑轉化成更豐富的意象，活了超過二十幾年的歲月、說話結巴，最後因厭食而死去。在伊淑屍體被發現的家裡，話者「我」看到過去自己寄給伊淑的信件都被裱框起來。在這個小說裡，話者「我」也說道「因為身在超過百萬的人海當中、聚集在市廳廣場前手挽手，所以當她在山下鄉村裡像樹葉一樣簌簌地呼喊我的聲音，我也聽不到」。2010年的長

篇小說《哪裡會響起找我的電話鈴聲呢？》伊淑則化身名叫美璐的人物登場。在我們身在超過百萬的人海當中、手挽著手走向市廳廣場、唱著歌的同時，美璐在空蕩蕩的家裡，像樹葉一樣簌簌地發出聲音、不斷地寫信給我們，並將那些信貼在牆壁上。[12] 那女子也是因為厭食症而死去。這些就像是誘發即視感的反覆現象究竟是什麼呢？就像文學批評家黃鍾淵針對〈夜路〉的伊淑所說的：「將伊淑的故事理解成對風靡同時代的政治敘事的某種抗議方式也無妨。」[13] 但，這樣的現象卻與街頭示威的時代同時登場。一個人在空蕩蕩的家中，無語地因為厭食而讓自己的身體逐漸萎縮，這樣軟弱的現象，一方面與百萬人的示威遊行對峙著，一方面也依類著這樣的示威遊行而存在。

作品當中，說話結巴與厭食症起因於自己的善意為人所誤解以及因為自己的無心造成他人的不幸，但這也是一種在他者面前自己根源性羞赧的表現。所謂的羞赧是任何時候在他者面前、現前所引起的害羞。然而，這樣的羞赧只在他者存在於面前時才會產生的，並不會毫無意識地產生。想要靠近他／她，但卻不知道他／她會不會接受我。在對他者的慾望，以及

---

[12] 申京淑，〈現在有誰在我們身邊呢？〉，《草莓田》，2000，文學과知性社。

[13] 黃鍾淵，〈與現代實存的接觸〉（收錄於《冬天寓言》裡的解說）。

預想這個慾望會不會被背叛的預想之間，自己反覆地發聲與噤聲。厭食症是一種面對他人的相應不理時，乾脆以毀滅自己身體方式來脫離對他者依存的試圖。然而，這並不是一種對他者的否定。如果說在自我囚禁裡，伊淑將話者「我」寄的信裱框起來的行為是一種對「我」的眼前上演的話，那美璐將未寄出的信貼在牆上的行為就是想透過書寫的行為，形塑出朋友們就在身邊的假象。自己無法站在他者面前，但讓他者站在自己面前的想望，就只能透過回憶與語言文字來完成了。

由於在知覺的幻想裡，我們可以看到他者也可以聽到他的聲音，但卻無法觸碰到他，故這也是對根本性缺乏的一種痛苦的確定行為。我們有必要細細地咀嚼在《哪裡會響起找我的電話鈴聲呢？》處理在政治迫害裡引起的案件與失蹤。一名女子尋找參加運動而失蹤的戀人，卻為了表示絕望的抗議而自焚。然而，美璐卻代替了這名女子找到了她的戀人。大義或是進步理念將人們聚集到街頭上，然而儘管這樣的凝聚力解散了，但「80年代」之所以留存在我們心中就是因為這個時期透過團體的行動，將消失或是死去的人寫入我們的生活裡。

3. 生活的空洞化與死亡

　　〈現在有誰在我們身邊呢？〉[14]的疑問是在申京淑的同名
小說《單人房》、《請照顧我媽媽》等等代表作裡都出現的那
些消失的人、即使死了也還留存下來、還活著的那些情感是一
種將讀者邀請到靈魂世界的咒文。這個咒文在那些將現在與過
去、生與死、生者與死者隔開的世俗習慣、規則以及慣性生活
的文法被打破的瞬間出現。然而，使現代社會的得以形成的意
識形態，將這兩個被分開的世界延伸成持續實現的規律。如前
面所提到的後80年代再次世俗化的經驗。在後期資本主義社會
裡，人們也是透過努力地去適應身分、職業與階級等社會分轄
的方式來形塑自己。舉例來說，如果是一家之主的話，就要有
有一家之主的樣子，為了有更好的工作機會而努力，為了成就
那份工作而腳踏實地工作。

　　金仁淑的文學轉身著眼於那些投入勞工運動或是社會
運動的人以及他們身邊的人事物。在她的《等待銅管樂隊》
（2001）、《那女人的自選集》等小說裡處理的部分就是某個
人一直以來都依照世界的法則來形塑自己，但是有一天卻驚覺

---

[14] 申京淑，〈現在有誰在我們身邊呢？〉，《草莓田》。

他失去了曾經信誓旦旦說最理解的那個自己。[15]作者想要透過中產階級男性的生活來描述這樣的衝擊。後80年代的再世俗化經驗就是種男性的危機、實驗與再次構築的過程。他們大概都為了更安定的工作而努力。舉例來說，在〈被刀刺傷的痕跡裡〉他因酒店老闆娘殺人未遂事件遭到警方傳喚。當警察問道：「認不認識這個女子？」的時候，他回答說：「我是教授。現任國立大學的教授。」他在六個月以前脫離了長達八年的鐘點講師的身分成為地方國立大學的教授。「他的人生和汽油一起在路上漏出來的時間裡，他的青春就像第一次擁有的那部車一樣，已經成為一台廢車了。然而，直到今日，一直以來追求的教授職位是不是成為一種對他的人生的抗辯？」[16]

就此現象來看，他的態度就跟國會議員、高階官員、大學教授等身分、地位已經確定的典型韓國男性態度一樣。這是一種認為名片上的所有稱謂是可以萬事亨通的後台，也是一種裝作自己無所不能的俗物型、權力服膺的態度。然而，為了爬到這個地位，之前所付出的努力想要得到他人肯定與補城的心理已經根深蒂固了。「五兄弟中排行老大」的他就如下面所述。

---

[15] 金仁淑，〈被刀刺傷的痕跡〉，《等待銅管樂隊》，2001，문학동네 p.160。
[16] 同上，p.156。

　　他大概就像60年代故事裡會出現的那種人物。在成長的過程裡，他一肩扛下弟弟們的責任。然後，他向父母和弟弟們要求補償。但父母與弟弟們卻常常要求他成為「卓越的人」、「有能力的人」。……（中略）……沒關係。不用再跑也可以。就在這裡停下來吧。我叫你停下來。……（中略）……但是我卻無法停下來。人生已經註定好了，已經將一切都烙印在他的生活裡了。只有在他對自己的存在都感到模糊，也就是喝得酩酊大醉的時候，他才可以忘記、略過這些記憶。[17]

　　即使心臟都要裂開了也無法停下來。因為只有在那種時候他才可以確信生活進入一種安定的軌道裡。這也是被要求跟上韓國經濟成長的步伐，在這過程裡韓國男性的心態史。在奔跑的過程裡，人們也逐漸認為了長時間裡，只追求、專注於同一件事上，認為除了這件事情之外，其他的事情都是不可能的。然而，對於這種現象最理解的人就是妻子了。直接地表現出對丈夫的輕蔑。喝得爛醉如泥、養成一圈的鮪魚肚，對於妻子來說，這樣的男人再也沒有任何魅力了。面對警察的詢問，吐出「我是教授。我是國立大學的教授。」以及希望那個戲弄酒店老闆娘，最後失手殺人的人是自己，這些心情其實都是一種自我喪失的宣言。

---

[17]　同上，p.168-169。

　　無法停下、不斷奔跑的過程雖然也是種為了家人付出的行為，但卻麻痺了家庭關係的情感、道德機能。也是一種除了職業、性別、階級等社會標籤身分之外，自己什麼也不是的形成過程。金仁淑認為1997年IMF危機以後的韓國社會面臨了這種關係與生活空洞化等問題。這部分與1990年代到2000年代初中期，主流大眾文化處理男性危機的方式有很大的不同。

　　舉例來說，就像〈魚〉（SWIRI）這部耗資拍攝的韓國電影一樣，它於IMF危機以後出現，就特別強調在追求民主化過程裡，負起國家大任的強悍男性意象。[18]另一方面，以懷念的方式刻畫1970~1970年代朴正熙政權時期每年直線成長的經濟的電影大多也都是將發展主義理想化。「這是刻畫一個單純的男性主體在設定一個比現在更好的生活目標後，為了達成這個目標，接受強悍父親訓練的敘事手法。」[19]

　　相反地，金仁淑主張「不再需要英雄的時代。就連在自己的個人生活裡也不需要、也沒有理由需要英雄的存在。」[20]想要解決問題的父親或是像領導者一樣強悍的男性，他們的渴求就某種意義來說，其實是對發展主義主體的一種免責行

---

[18] 金小英，〈消失的南韓女性：韓國型巨額大片的無意識光學〉，《韓國型鉅額大片或是美國》，現實文化研究，2001，p.31。

[19] 金實德，〈朴正熙時期再現電影所出現的鄉愁慾望：以IMF以後上映的電影為中心〉，《文學研究》，2012，p.144-145。

[20] 金仁淑，〈路〉，《等待銅管樂隊》，문학동네,2001，p.139-140。

為。金仁淑的許多小說作品聚焦於渴望小市民般安定的男性，其內心的崩壞。這樣的寫作手法是因為在更好的工作成就、國家經濟的復甦裡都找不到這些因為關係與生活的空洞化而內心崩壞的男性心理。

在〈路〉的小說裡，在金融界大規模解雇裡，業界慣用的手法就是給予佣金、貸款，最後強制解雇。受到這些待遇的我的妻子吐出「半夜突然從床上跳起來。」「你認為你是為了我們而活著的對不對？你說為了我跟英敏，你付出了全部？」[21]小說裡，我的妻子表現出無來由的沉默，以接近病態的方式將家裡全部清空。並且在我完全不知情的情況下，做了人工流產。在「等待銅樂隊」，我在妻子外宿三次之後，才知道妻子外遇的事實。此外，妻子癌症末期將死的事實也是從妻子的外遇對象那裏得知的。[22]在這個作品裡，妻子清空的相簿象徵的就是人生的空洞化。「我只知道那個女人是我的妻子，其他的我不知道，不對，我什麼都不知道。所以這要我怎麼接受妻子的死亡呢？」[23]所謂的人生空洞化意味著，不知不覺間，生命中最親近的那些人已經被推擠到生命裡的邊緣位置。更別說是其他人了，我們就連自己的人生都無法理解

---

[21] 同上書，p.116。

[22] 金仁淑，〈被刀刺傷的痕跡〉，《等待銅管樂隊》，문학동네,2001。

[23] 同上，p.28。

了。無法再去感受任何東西，但就像可以目睹一切的死後靈魂一般存在。

在〈海與蝴蝶〉裡，妻子死後的靈魂觀看丈夫活著的樣子。我終於知道了哪怕是一瞬間，丈夫都不曾瞭解過我。對他來說，不僅是那個女人，就連自己他也沒有瞭解過。他想知道的似乎就只是銀行帳戶裡的存款有多少、退休後可以得到多少年金。最重要的是，他跟我已經沒有什麼話可以說了。[24]長久以來，他就像是一個死掉的肉塊般的存在。然而，這就是什麼都不是的他的全部。[25]這樣的生活就像是趨近死亡的存在或是一種行屍走肉的存在。作者想說的是，並不是只有那種曾經青春熱血過，中年以後屈服於社會規範的特定時代的男人才會這般行屍走肉地活著，也許這是所有人類的宿命也說不定。我以女兒到留學為藉口，離開了丈夫來到中國。在中國，我遇到朝鮮族彩琴的父親。彩琴的父親在八歲的時候，看到有人在開放式刑場裡被槍決後，擦去一隻眼睛所留下的淚水，但另一隻眼睛卻一輩子都看到比當時槍決場景更險惡、可怕的東西。這種情節的出現並不是為了祕密地反對「學習中國革命史」、「青春的純潔信念與希望就像火焰一樣燃燒的時候」、「禁戒的國家、被禁止的理念」[26]的中

---

[24] 金仁淑，〈海與蝴蝶〉，《那女人的自選集》，創批，2005，p.94。
[25] 同上，p.96。
[26] 同上，p.92。

國。這個情節是想要引導讀者去領悟到超越歷史性的生活，其黑暗卻根本性的本質為何。所謂的生活任何時候指的就是活著的人的生活，免死的人正觀看著的東西，即，比死亡還要更多的東西……活著的東西，我們應該毫無保留地去觀看那些因為活著所以看不到的東西。那也是非常緩慢，很久很久的……。[27]這樣的世界觀或是人生觀是不是澈底地摧毀了一直以來追求的那些關於成長、發展與進步的大義呢？妻子已經離開韓國六年了，然而，二十五歲的彩琴卻為了更好的物質生活條件準備要到韓國去。彩琴的父親之所以離不開那個越來越空洞化的朝鮮族居住地，這是因為就本質來看，這世界上並沒有更好的生活或是更好的環境。就本質來說，任何人的生活、或是任何地方都是一樣的，這樣的領悟藉由我在遇到彩琴父親後，在中國看到許多有著跟丈夫一樣背影的男子們的情節裡被表現出來。這樣的領悟透過飛過海洋的蝴蝶的意象表達對於比死亡還孤單、痛苦的生活的一種憐憫。小說的最後就在為了擁抱因為海浪和風而失去翅膀的蝴蝶，而到海洋裡的情節裡結束。這也是領悟到死亡對孤單地活著的人來說是一種疲勞的終結，也是一種對全然休息的祈禱。千年以前的歲月、千年以後的發現都是仰賴死者的痕跡以及目擊者的證言去說明曾經存在過什麼樣的生活。

---

[27] 同上，p.88。

4. 媽媽，我肚子餓了[28]：
生活中最根源性的依賴

在〈監獄的草原〉裡，流落到哈爾濱的他只有在麻藥與華萱的關懷之中才可以忘卻痛苦生活裡的疲憊。當他聽到華萱的死訊之後，決定將華萱的遺物埋葬起來，而不是火化。他覺得如果在夢中華萱再次以春天草原裡的青嫩芽、鏡子的碎片或是小骨片出生的話，自己還可以再跟她打招呼。睡得好嗎？我的好朋友。……那也許是他一生中唯一留下的最安心的夢。[29]這樣的祈禱也許是對人生的一種極度肯定。對人生的肯定其實也是一種對醜陋生活的肯定，當我們即使覺得對彼此道歉也無法正視對方願望的醜陋生活。收錄於《你好，Elena》裡的〈你好，Elena〉與〈趙童玉Fabian〉的作品裡，以成為孤兒的小孩的視線來再次分析父母的生活。作為外港船員沒有撫養能力卻生下小孩、除了「對不起」之外，不知道該怎麼辦的人們、為了減輕這樣的愧疚感不得不出海的那些討海人[30]以及將

---

[28] 申京淑，〈有花盆的庭院〉，《不認識的女人們》，創批，2011，p.80。

[29] 金仁淑，〈監獄的草原〉，《那女人的自選集》，創批，2005，p.133。

[30] 金仁淑，〈你好，ELENA〉，《你好，Elena》，創批，2009，p.25。

16歲的話者託付給前夫，跟著娘家的人移民巴西後，稱自己為賤女人的母親，這些情緒都可以說是一種「愧疚」。忽然一看，這些情緒也許都是起因於，小說裡的父親或是母親都不是典型的、正常的。即，他們對小孩來說某種程度上是沒有責任的爸爸或媽媽，於是這種愧疚感就油然而生。然而，這樣的「愧疚感」來自於即使是作為父母子女的緣分，彼此的人生也會因為死亡而分開。也就是說這種「愧疚感」來自於所謂全面的承擔或是代替他人人生的可能性並不存在。這是因為比起帶著靈魂出生，人其實是帶著肉體出生的，所以我們終究無法成為他人。然而，在這兩個小說裡，作者反過來想像人類剛出生的瞬間想像成應該被誰抱在懷裡的出生瞬間。這就是基於上述的原因。這是因為在死亡之前，某個瞬間，我們都曾經是將自己稚嫩的氣息與體溫全部依託在某人身上的小孩。即使，是我們的父親也曾經如此。我們也都是無數的Elena中的一名，我們的名字也是趙童玉，也是媽媽們的女兒。在申京淑筆下，除了說話結巴、患有厭食症的女人之外，還有另一種的女性人物的存在。筆者最後就以這種女性人物的故事為這篇論文作結。

收錄於《不認識的女人們》的〈有花盆的庭院〉裡，話者是一名說話結巴、患有厭食症的女人。某個女人為了讓失戀、說話結巴且被厭食症折磨的我說話、吃飯，準備各種的食物、坐在話者面前誘導我吃飯與說話。不知不覺間，我開始吃

飯、說話了。那女人跟我說的故事是母親晚年每個星期與舅舅一起吃午餐時聊天的內容。即使舅舅已經去世了，但母親還是幻想著自己每個星期和舅舅在家裡做飯、聊天。舅舅與母親聊天的內容大多都是以前的事，將去世的外婆或是去世的大阿姨的故事跟這個女人說。然而，這個做飯給我吃、跟我說話、聽我說話的她是那個從未離開有我親手照顧的花盆、有庭院的家的那個已經死去的女人。讓死去的人反過來替活著的人準備飯菜的故事情節其實是在逆轉祭祀裡準備祭品的習俗。事實上，這樣的逆轉也是在告訴我們祭祀其實是讓已逝的人看到活著的人吃飯的樣子。回頭看看的話，我們可以得到一個平凡的領悟。我的母親與舅舅隨著年紀的增長，吃飯時的聊天內容大多是關於已經去世的人的故事。就這樣的框架來想，死者既是被我們邀請到飯桌上吃飯的一方，也是邀請我們到飯桌上吃飯的一方。死去的人看著我們吃飯、聽著我們的聊天內容。吃著死去的女人為自己做的飯、療癒厭食症與說話結巴的我，有一天接到母親打來的電話。母親告訴什麼都起步比較晚、說話也結巴的我，第一次說最長的話就是「媽媽，我肚子餓。」這句話告訴我們，存在於人類從出生到死亡之間的事為何。即，所謂的人生就是吃飯跟說話。這兩件不應該相互排斥且不論何時，我們都應該將自己最根源性依託於他人。「媽媽，我肚子餓了。」是個對人生根本性依存的宣言也是最原始、最像人的

行為。在這句話的背後，其所希冀的幸福滿足感就是在吃飯的同時，有個人可以在我面前跟我一起聊聊天。這是以386世代經驗作為寫作的開始的她們在不知不覺過了50歲之後，也珍惜的一種最小的大義追求。

現代日本文學與性／別

——「日本」・「近代」・「女性」・「文學史」

中川成美

立命館大學大學院文學研究科教授

吳亦昕　翻譯

國立中正大學台灣文學研究所助理教授

　　「性別（gender）」一詞開始現身在現代日本文學中大概是1970年代以後的事情了。文壇確實向來由男性所把持，女性作家的作品被與男性文學區隔開來，書店也會將男性作家與女性作家分開上架，稱女性作家部門為「女流文學」，而且這個老派的名稱直到最近仍被使用著。文藝評論家平野謙曾經以其舌鋒尖利的批判左右新人作家的成功與否，當他在1968年卸下《每日新聞》的文藝評論工作時，提到他對於閱讀女性作家夢囈般的作品已經感到厭煩。諸如此類，那個時期的男性作家、評論家對女性作家的蔑視、輕視、無視以及嘲弄，是現今難以想像的惡劣。與男性作家之間的論爭也無法成立，曾有段知名的文壇軼事說到某位男性文豪在女性作家初登文壇時會追

137

問編輯者說：「那位女性是美女嗎？」（如今想想「文豪」這個稱號也值得商榷，這是只能用在男性身上的稱號。）

明治20年代，呼應新的文學思潮，女性作家輩出，然而宛若奇妙的符咒一般，她們當中有許多人很離奇的年紀輕輕便過世了。尤其1896年（明治29年）是相當詭異的一年：2月5日拂曉，為明治期女性教育立下輝煌紀念碑的明治女學校遭到焚毀，若松賤子棲身於避難處一間房間裡，在其擔任明治女學校教頭的丈夫巖本善治與妹妹宮子的看顧之下，於10日結束了她滿31歲的生命。在此前後，田澤稻舟與以言文一致體而聞名的作家山田美妙雖然在歷經重重困難後終成眷屬，婚後的相處卻不順利，開始考慮離婚。她在3月患病回到鶴岡的娘家休養，9月10日便與世長辭，年僅21歲。這個太過突然的訃聞甚至還引發她是自殺身亡的傳聞。接著，明治期最具代表性的女性作家・樋口一葉於11月23日以24歲之齡過世。就這樣，前一年1895年12月發行的《文藝俱樂部》第一卷十二編的〈閨秀小說〉號中才一同聚首發表作品的三人接連猝逝，為日清戰爭後類似祭典過後的氛圍更添一層空虛的失落感。而且所謂「閨秀」指的是處於深閨人未識的秀逸之才，然而這本雜誌卻在卷頭刊登這些女性作家的面容照，這樣的編輯方式顯然是為了滿足那些詢問「那位作家是美女嗎？」的世間男性的好奇心。

對於1896年中接二連三發生的年輕女性作家的辭世，任誰

都會深深感受到她們只能以半路夭折來形容的無盡遺憾。她們的早逝，彷彿是對有志於文學的女性所作的制裁一般，既唐突又殘酷。如果再看看其他作家，木村曙18歲（1890年10月19日）、北田薄冰24歲（1900年11月5日），其生命之火是如此微弱，又如活到38歲的中島湘煙，或者同時期享有長壽的清水紫琴（66歲），卻像遺忘自己曾在明治20年代對文學燃起過熊熊熱情一般，明治30年代以後都遠離了文學的現場。

　　對於女性作家這般抑鬱不得志的處境，首次以女性運動之姿揭發其中不公正的是1911年由平塚雷鳥創辦的雜誌《青鞜》。《青鞜》雖被視為日本女性運動之濫觴，不過創辦當初是以文藝雜誌為目標。森鷗外與夏目漱石也充滿好意的迎接這個雜誌的誕生，期盼促成女性作家的出現。然而，女性終究無能達成靠文筆獲取經濟上的自立，結果只被當成是「業餘」的文筆活動。也因此，《青鞜》雖然以其作為日本最初的女性主義運動的母體而名留青史，但是卻沒有扶育出得以自立的女性作家。

　　除了田村俊子、與謝野晶子、野上彌生子等人以外，大部分投身文學的女性，都在男性中心的評價基軸之下遭受挫折而倒地不起。就如同田山花袋在「蒲團」中的描述一般，經常因為男性的情慾視線而被斷絕了其發展的可能性。

　　1920年代至30年代之間，隨著出版產業的急速發展，文壇

逐步成形，社會上開始需要更多的書寫者。女性作家當然也加入了這個市場，不過在大多數的情況下，她們被認知為是逸出社會上女性規範的存在，這也是造成女性作家現在仍被視為「特殊」的原因吧！宮本百合子、林芙美子、平林たい子、佐多稻子、尾崎翠、岡本かの子、吉屋信子、真杉靜枝、矢田津世子、圓地文子、宇野千代等人在此時期相繼登場，這個對於日本文學而言可稱之為黃金時期的文學成果，在日本文學史的大結構中卻沒有被提及，而是另以日本女性文學史的規模來討論。我認為這是日本近代文學研究應當反省的重大謬誤。此外，像個「名譽男性」（honorary males）般被列入日本文學史中的少數的女性作家，如樋口一葉、與謝野晶子、野上彌生子以及宮本百合子等人，要不就是因為擁有能與男性話語為伍的力量而受到肯定，要不就是發揮了男性心中的女性意象，這些評價的底流之中暗藏著男性原理。

戰時，吉屋信子或林芙美子等積極協助戰時體制的女性作家的出現，肩負著支援男性話語的職責，然而其戰記作品最終被評斷為無法超越實際參與過戰爭的男性視角，因而被視為徒具形式的參戰。敗戰後、GHQ的占領政策標榜著樹立民主主義國家的口號，把文化置於首位。之後，女性作家彷彿將戰爭期間抑鬱的感情一舉爆發出來般地投入文學的擘劃。雖說是虛有其表，但也形成了女性作家的時代。只不過，無可否認文

化政策總是存有以女性觀點為幌子的男性戰略的一面。「由女性作家來淨化男性挑起的戰爭」這樣過於短視的想法，使得女性作家在經過媾和條約的發布、保守政權的經濟政策、重回國際政治舞台之後，慢慢地失去其光彩，形成將女性再度推回家庭的社會壓迫。戰後可以說完成了日本的全職主婦的樹立，女性的高學歷可以是結婚的條件，卻無法成為求職的條件。

其間，70年代以降的女性文學可以說在此時完成了準備。大庭みな子、高橋たか子、森萬紀子、山本道子、河野多惠子、富岡多惠子、吉田史子等人發表以女性的社會規範，特別是以家族及性愛為核心主題的作品，這對於思索日後的日本文學非常重要。70年代以降的女性主義運動越過了種種反動的責難、運動，為社會、文化各層面帶來重大變革。這可以說是在20世紀尾聲形成問題的最大事項。文學方面，這個被「女性作家」、「女性文學」總括、類別化的特殊領域重新受到檢視，女性在文學的場景中開始佔有核心的位置。其中之一就是家族的主題。

津島佑子在小說中刻劃崩壞中的家族裡尋求濃密的靈魂交歡的人們。例如描述智能發展遲緩的弟弟與自己剛生下不久的孩子的《童子之影》（1973年）、敘述與丈夫離婚後帶著年幼的女兒展開新生活的苦鬥的《光的領域》（1978年）、描繪因兒子猝死而崩潰的母親內心的《在夜光的追逐下》（1986

年）等等，津島否定近代所構築的常識性的家族樣板，而提出家族是讓本能的母性以及對他者的關心復活起來的場所。在其作品當中，就連性愛也無法成為維繫家族的要素，重新解讀了所謂夫婦、家庭的概念。津島極為冷靜地，把經由大庭みな子、高橋たか子、河野多惠子、富岡多惠子等前一個世代的作家改讀過的、作為社會規範的女性存在中所有不合理的壓抑性，一個一個都剝開來，揭露其中對於女性的不當的社會配置，在她的作品中，敘述作為生殖性別的女性的身體意識偏離了以社會的女性規範為基礎的認識，即便如此，與孩子之間在肉體上、精神上的連攜仍被認知為女性的特權等等的問題。津島可以說是首位將家族制度極為具體地作為文學課題來處理的作家。在1983年2月的《群像》上，津島有以下的發言：

> 所謂性慾，可以說是發自一個人的生理的觀念吧！所以，在某種意義上也可以說是孩童的夢。而背叛孩童夢想的事物，首先就是名為家族的人際關係。造成家族的則是時間，所以時間的觀念無法與孩童的夢想共存。（略）生而在世，我被賦予女性這個性別，因此在擁有伴隨性交的異性關係的同時，也有可能會懷孕、生孩子，我深深感覺這是對性慾最激烈的背叛。母親這個詞彙就讓人意識到時間。而且，女性這個性

別總是焦急等著懷孕。我無法忘記當我得知擁有如此
性別的正是自己的身體時所感受到的苦痛、震驚。我
總還是認為，矛盾在女性身上以更真實、殘酷的形式
被呈現出來。（〈性慾的矛盾〉）

　　津島在此拿來比喻的「孩童的夢」，指的應該是為了人
類生來的身體的慾望所具備的自身身體的可能性。但是，即使
那是從身體發散出來的，當我們知道自己是被安排為生殖性別
時，會否定那個慾望。津島適切地指出自己的可能性被窄化的
苦痛，並以此矛盾作為文學的課題。

　　干刈あがた的《樹下的家族》（1982年）、《嗚哈哈探險
隊》（1983年）、森瑤子的《家族的肖像》（1984年）將家族
當作病理，犀利地描寫出女性的身分被同義於家族的無可奈
何。此外，針對戀愛與性愛的不可能性，增田みず子的《單
細胞》（1986年）以如同單細胞般絕不會合一的個體關係來捕
捉男女之間的戀愛。金井美惠子運用實驗性的文體，以抽象
的、拘泥於生活瑣事的作品辛辣地否定了家族與夫妻充滿欺
瞞的類型化。《文章教室》（1983年）、《靈堂》（1986年）
中，則描寫家族這個紐帶絕對無法成為通往幸福的保證，性愛
也僅只是生活的點綴，對既定的價值觀投以嘲諷的目光。又如
山田詠美以沉溺於與黑人之間的性愛的美軍俱樂部歌手為主角

的《做愛時的眼神》（1985年），以人種、性為主題的《野獸邏輯》（1999年）等，提醒我們對於不以心靈或精神，而是以肉體為基礎的性愛本身的存立狀態需要重新審議的重要性。

90年代在80年代泡沫經濟破裂的影響下景氣持續低迷。政治方面，1993年細川政權成立，55年體制正式告終。文化方面，由於少子化、媒體的多樣化，以及網際網路的急速普及，造成紙媒體的銷量減速。橫跨影像或動畫等複合式類型的新媒體開始滲透到人們的生活之中，文學的語義概念越來越難單純界定。90年代中盤，雜誌《文藝》借用J-POP的概念創出J文學的範疇，町田康、赤坂真理、阿部和重、星野智幸等人的作品被視為斬新的流行文學而冠以J文學作家的名號，不過他們之間幾乎找不到可以涵括的一致性。這是為了因應作為商品戰略的媒體複合所造成的消費空間曝光需求。

1995年，笙野賴子參與的「純文學論爭」象徵性地說明此時期文學所處的狀況。笙野毅然跳出來抨擊當時橫行文壇的以「銷售額」評斷文學價值的風氣，再三發言表示即使是少量的銷量也有書寫「純文學」的自由，不過遭到主唱者的沉默與無視。笙野反覆嘗試運用實驗性的手法將現代所抱持的深達精神的壓抑性結構寫成作品，接連發表《連待的地方都沒有》（1993年）、《無法安歇的夢境》（1994年）等刺激的作品，描述在都市生活的獨居女性所遭遇到的蠻橫的社會攻擊。

　　多和田葉子旅居德國並以德語寫作，1991年起開始日語的創作，1993年《狗入贅》、1996年《哥達鐵路》等作品對日語的自明性提出疑義，為我們展現透過更富可變性的語言實驗而出現的文學的可能性。2004年的《旅行的裸眼》更將視覺的想像力計算在內，出示了文學這片沃野的何等廣大。而小川洋子在描寫妹妹對懷孕的姊姊下毒的《懷孕日曆》（1990年）中倔強地看穿惡意根深蒂固的存在，《博士熱愛的算式》（2003年）則以主角與喪失記憶的初老男性間的擬似家族體驗為主題，呈現了貫串人類存在的感情的復甦。川上弘美也在《老師的提包》（2002年）中描繪初老教師與過去的學生之間有些生硬的來往，藉此表現精神上的安逸的多樣形態。

　　在這樣的90年代文學的出發中現身的是松浦理英子的《拇指P的修業時代》（1991~1993年）。

> 　　當然我很震驚，也無法置信。用一句話就能表達的感情並沒有湧現，不安或是好奇心在胸口打轉，我在床上呆坐了許久。不久我想到要打開枕邊的燈，在15瓦的光源下定睛看個清楚，果然沒有看錯。我難以提起用手去觸摸看看的興趣。並不是因為不想去相信這個突然降臨在身上的珍奇現象，而是覺得用手去摸了之後會喚醒通往拇指陰莖的感覺，最後就會一腳踩入再

也無法隨隨便便將此當作有趣的不歸路了。／可是，
氣味不好也很難稱得上美觀的拇指陰莖的形狀誘惑著
我。終究我屏住呼吸，慢慢地將手伸向腳尖。

引用的部分是描述主角真野一實剛發現自己右腳的大拇
指變成陰莖形狀時的情景，松浦循著一實內在心理的變化，用
端整的文章來進行描寫。和這個對日本文學而言可稱為劃時代
的實驗性的故事內容相反，松浦從頭到尾都展現其細密描寫力
的技巧，沒有任何一處使用暗喻的表現或省略事物的空白。使
得這個小說得以成為對陽具中心的社會結構、性器中心的性愛
認識的痛切批判，開啟日本文學的新的可能性。松浦藉此徹底
批判社會上對於性認知的單純與粗略的判斷，同時衷心提出重
新安排寬鬆的性別配置的必要性。不過，松浦自身曾提及她原
本的意圖是想把陰莖回復到原本純潔無垢的器官才構思了這篇
小說，這也明白顯示過去所認知的陽具是一個不可能成為純潔
無垢機關的象徵性身體器官。

也就是說，這部小說在探求性愛的可能性的同時，也將
阻礙這個可能性的本質性問題透過各種性的裝置鮮明地表露出
來。而這部小說在經過20多年後依然發揮其效用的事實，也反
映出迄今尚未克服這些問題的日本的現狀。

2012年以降，芥川賞開始出現女性得主。如今，談論日本

文學時已經不可能省去女性作家。目前主要的書寫者大部分是女性作家，她們將70年代以降被可視化的問題收進意識中，持續從事果敢的活動，我由衷認為這是日本文學一個重要的成就。2000年代被女性作家當作主要課題的是母女關係的相剋。描寫遭受母親壓抑控制的女兒們的內心糾葛的作品，有村山由佳《放蕩記》（2011年）、赤坂真理《東京王子》（2012年）、水村美苗《母親的遺產》（2012年）、湊かなえ《母性》（2012年）等等，如今她們對於以往用來表現安定的家族關係的母親與女兒的身為女性在精神上、身體上的認知差異成為這些作品的核心。家族儼然不再是安穩的避風港。

這或許也是奪回被侵占的身體的一種自我嘗試。我們可以把它看作是身為女性所被自覺、所被認知的不安定的搖晃。漂泊的身體總是不停地在尋求安定，並且在這樣矛盾的行為中學習。這已經不是分辨善惡或當否的問題，而是對存在本身的確認，更藉此察覺自我認知中的自己其實是可變的存在。

1990年，朱迪斯‧巴特勒（Judith Bulter）在《性別麻煩》一書中提出展演（Performativity）的概念，認為要把自己當作「展演」而活，這是對硬生生接受女性這個性的矛盾所提出的批判。若是無法活出自己的性，這絕非失敗也不是破綻，應該視其為柔軟地接受自己的過程。

2008年，津島的《太過野蠻的》以台灣為舞台正面探討殖民地問題。殖民地正如女性身體，是被課以充滿矛盾的壓抑的裝置。為了尋求壓抑的根源，藉由追溯1930年代到現代約70多年的女性的意識繼承而呈現出來的殖民地世界，一方面也成為將隱蔽意識下的苦痛及困難顯現出來的場所。津島設定霧社事件為題材之一，透過如實地描寫現在成為觀光地餘興節目的原住民的身影來揭露充滿矛盾的配置。那或許也能作為性別的類比而發揮機能，進一步可以說表現出世界上性別佈署的絕望僵局。

在這個意義之下，松浦的《犬身》（2004~2007年）實現了打破男女二元配置關係的作用，《奇貨》（2012年）則是試著家族的緩慢解體，松浦從身體的問題出發的問題，總是能提示出新的關係性。她試圖將經常被表象化的女性身體的問題，以現實的身體再次可視化。松浦完全不相信用性的多樣性等等的語彙來姑息攏絡的社會話語，因為其中並沒有具體的女性身體的介入。

現代的女性作家為何現在能成為日本的文學主流？答案就在這裡。他們明白被他者（主要是男性）領有的自己的身體要靠自己奪還，也知道身體是可變的，還明白除此之外如此別無他法。我一直感覺現代女性作家將這些都視為是自己工作的一環。家族與性、懷孕與出產，這些與被稱為民族國家

或國民文化的國家意識形態緊密相牽，持續進行制度與規範的再生產。正因如此，正確描寫70年代以降在日本文學登場的「女性文學」，是日本文學研究被賦予的優先課題。不用說，這又與亞洲圈的女性作家的營為問題相互共鳴。

台日韓女作家座談會：
性別、國族與跨國經驗

蘇偉貞： 先依續介紹三位作家，首先為大家介紹的是申京淑女士，申京淑女士在1985年創作出處女作《冬季寓言》，後來發表《單人房》等作品，在《單人房》中，我們可以看到作者在這樣一個小房間中，書寫一位女孩從鄉下到漢城發生的一些故事，其中特別值得一提的是，從鄉下遷徙到都市，城市到鄉村的遷徙，對於台灣的讀者而言一定不陌生，但特別的是小說描繪中台灣所沒有的下雪場景，進而反射出來作者內心的孤寂，儘管出走的國度不同，但每個人心裡都有一間單人房。呼應吳爾芙的《自己的房間》，生活對創作的意義到底是什麼？這也是我們可以請教京淑女士的問題。

　　接著介紹津島佑子女士，佑子女士在2009年發表了她的作品，描寫日本的女性，跨越時空從1931年代到現代，從台灣到日本，一個失去孩子的女性要如何

存活下來？是這部作品想要探討的議題，因此這部作品既是性別、也是地理的跨越。

平路女士是我們台灣讀者比較熟悉的作者，她從早期後來的創作，才逐漸顯露了他想要行走的路線，小說展現了女性自我的聲音，《百齡箋》中操作了雙語的語境，在《行道天涯》中，也有類似跨越性別、國度與政治、電影的書寫，也因此她不僅僅是女性，也是位跨越藩籬的作者。《大明星之死》這本書，對照她之前的主題，在世界各地享有聲譽的女歌星，畢生最大的難題是什麼？將近30年的時間，平路從男性的聲音書寫到女性聲音的展現，有時真想問他究竟想怎樣，對於她自始至終這樣靈活的穿越很佩服，這樣的介紹，希望可以交織出寫作者共同的話題，他們如何書寫？為何而寫？在哪裡找到書寫安身立命之地？因此接下來的時間，先請津島佑子女性談談她的書寫。

津島佑子：我是津島佑子，請大家多多指教。我剛剛知道說我們今天的形式是三位作家交換意見，因此我先在這邊做個開場白，其實我今天看大家的發表都覺得相當得有趣。其實也在思考如何向大家介紹我自己，我們都

是生活在有相當多重意涵的環境當中，我所居住的日本是個講日語的近代國家，回顧我年輕時開始寫作的時代，其實我對於當時的社會無法妥協，但我必須活下去，因此在當時我找到方法就是將這個社會殺掉。身為作家，每個人的創作與方法，都有各種不同的方式，但去思考其中的變容性，其實最終的目的是，作家要如何存活下來？對於讀者而言，這個議題也有相當多的意涵。面對父母自殺而獨自生存下來的小孩，與其說是一種悲傷，我更覺得是一種無法形容的苦，可是我認為這種苦，是社會賦予的一種現象，死亡是一種沒有辦法改變的事實，當社會詢問為什麼妳沒有父母？我想沒有一位小孩能直接說出父母自殺的事實。在普通的次元空間，關於悲傷、痛苦與掙扎，無法用言語形容，但文學可以透過書寫，來把痛苦、掙扎與悲傷表現出來，因為文學不是一個平常的次元。關於民族的問題，其實是透過體制而產生的，例如：從朝鮮半島被帶到日本來的人，隨著1945年日本戰敗，想回去朝鮮也無法，這樣的歷史淵源，也讓日本產生了愛奴等等的問題。其實我自己認為沖繩還有來自於印尼的祖先，以時間回溯會發現根本區別不出來，但我們從社會來看的話，會發現有差

別的現象發生，每個階段都有進行混血、混血與再混血的狀況發生，我們真的區別出來嗎？我想是無法的，像愛奴這樣的孩子，被社會區分出來是非常痛苦的，因此我想書寫關於這樣的議題，以上就是我想先提出的一些觀點。我在想從女性的立場思考如何書寫，基本上我們都是生活在近代化的國家，於日本，語言有一定的標準，小說有近代小說的形式，社會也有社會的基準，全部都是以男性為中心的結構，我想我的興趣所在也都是基於以上的問題意識而生。

蘇偉貞：太宰治是非常重要的作家，本來想提及，但恐怕不太禮貌，在津島女士一歲時發生父親自殺的事，也因此，寫作與療傷成為她書寫中不斷複寫的主題，接下來請平路女士發言。

平　路：各位好，我是平路。很榮幸能來參加這場座談，想先問各位與我自己，通常問題會比答案有趣，在我心裡也許知道一些答案，但卻也不代表全部，我的問題就是，台灣、日本、韓國有這麼多相似之處，但我們為什麼會覺得既靠近又疏遠？無論用身世，或者是與美

國的關係，或者是民主化的過程與現代性的發展、選舉、政治腐敗的醜聞、地域的書寫，等等很多相似之處，但我們這樣的研討會算是相當奇特，一般會以台灣的角度出發去談及與中國、韓國的關係，卻很少用庶民的角度去比較各國的經驗，因此是這個研討會相當奇特的地方。這些年來，我們如此疏離，可以從比較庶民的經驗，例如：韓國的光州事件與台灣的二二八事件，很少有人會比較其中的相似與相異處。如何的分類與歧視與我們身分不同的人？因此我的問題是，為什麼有如此多相同的經驗，卻很少做議題比較？第二個問題是，台灣的女作家與男性作家的相似度，會不會比起台灣女性作家與韓國的女性作家相似度卻更高？台灣對於日本與韓國如此相近卻又所知有限。因此，最簡單的方式就是將他們歸類成一個整體，這種整體是相當籠統且缺乏理解的議題。在津島佑子女士的《太過野蠻》中，書寫出殖民地的日本人，在台灣出生則叫做灣生，這樣的一個分界之下，關於台灣與當時內地的關係，其實具備相當複雜的紋理，還好有文學，這樣讓我們更有機會，在社會的疏漏之下，從文學中看見其中細膩的呈現，帶給讀者關於整個世界拼圖中最缺乏的一塊與風光明媚的圖

像。看津島佑子女士的書，讓我們有很多感動，看到在這塊土地之下，我們遺漏的細節，如：台北的青田街與溫州街，無論是樹木或者街景，在當時情景與現在景象的對照之下，看到日本作者如何看待日本房子與現在的總統府，也讓我們看到了相同與不同的地方，尤其關於街道的描寫，或者是對於台灣山川細緻的描寫，書中還提及霧社事件，我們都可以看到津島女士寫到莫那魯道的妻子與女兒，其中充滿了女性真實生活的聲音，也都有一個遙遠父親的身影隨侍一旁，因此對於她的意義相當複雜，也是相當特別與感人的部分。我作為一位讀者，同時以作者，很感動的是從作品中，看到人與人之間的相處之感與對照之處。申京淑女士的書，也是充滿眾多的細節，吃香瓜等等很多感官的經驗與真實的感受都在書中呈現。《單人房》中也充滿了投射的意涵，我自己身為作者，我都會問自己說為什麼會繼續寫作？藉由寫作才有可能稍微走出整個社會對我的期盼，包含從小到大社會賦予我的色彩，單人房寫的很像是個人的際遇與成長的經驗，也讓這本小說相當豐富。台灣、日本、韓國相似與相異的地方，我已想到自己很喜歡的一位作家林芙美子，讓我思考：到底在女性的

成長過程中，社會會讓她成為什麼樣的一個人？作為台灣、日本、韓國的女性，我們如何在重重的制度之中，非常辛苦的走出自己，發出不同的聲音。回歸到起先的問題，如果與父權無關，高大的父親對於一個無聲的孩子影響，在這樣大環境下長大，看不到自己與別人的不同，以國家去區分他者，也看不到最纖細的感情，如果朦朧的分類，我們好像很近、卻又很遠。我用兩位作家的話來做小節：津島佑子女士提到，比起偉大的世界，對人際關係的重視是我們的特質，是或不是？也許可以再深入思考，申京淑女士在《單人房》中提到，製造我的塵土也是製造其他人的同一塵土。以細膩的眼光才可以看到每個人的相同或不同。只是我們藉由許多外在的分類，而疏遠了彼此，因此可以讓我們再繼續思考，答案就越來越接近。

蘇偉貞： 謝謝平路女士，我常常覺得很不習慣，在平路相當女性化的形象中，突然說出來很中性的言論。在她發言中提到的問題，等一下希望可以從與作家的討論之中，找到更多的解答。接著請申京淑女士發言。

申京淑：突然之間我不太知道要講什麼才好。看起來似乎有很大的發言空間，但反而讓我不太確定接下來該從哪個角度切入這個主題。主持人所提出的：為了什麼而寫？這個問題我在創作之時也會不斷的思考，我個人的看法是：在寫小說的時候，我可能會以女性視角，也可能是以男性視角觀看，畢竟這個世界上只有男性與女性，如果單純以女性視角書寫，不就忽略男性的視角了嗎？現實生活上，我是以一位女性來生活沒錯，但作為一位作者，我就沒有特別意識到是以女性或者是男性的觀點來書寫的問題。讀我的作品，如果讀者感受到非常濃厚的女性視角的話，對我而言，可以說是非常自然的一件事。我自認為我並沒有特別設定是用女性或者是男性視角來書寫，而是以身為一位作家的視角，書寫人生，也就是說，它是自然寫出來的東西。對我而言，從小寫東西與讀書就是一件非常自然的事情，從來沒有想過為什麼而寫這個問題，只不過是因為我喜歡寫而寫，所以當我被問到為什麼而寫這個問題時，往往我的回答每次都不相同。不過我一貫不變的回答是，從小閱讀作品，如果受到小說中人物的感動時，這些感動我的人物往往不是英雄，通常都是些小人物、小說中旁襯的人物，也

或者是一些想發聲卻又發不出聲音的人物，我反而常覺得這樣的人物才是小說中的主角，小說站在這些人物的立場發言，才是讓我覺得小說最吸引人的地方。因此，在小時候閱讀作品立志成為作家時，我便很想成為這樣的作家，希望成為一個能夠為那些沒有辦法表達內心傷痛的人發聲，為那些內心感到苦悶的人書寫的作家。很多評論家都會談到我的《單人房》，16歲時我便離開成長的鄉下前往首爾，國中畢業後並沒有馬上進入高中就讀，先是進入夜間學校展開半工半讀的生活。在當時，為了謀得工作，還曾經隱瞞自己的實際年齡，所以在進入學校就讀時，我必須將文件全部重新改寫過，也就是說，我是在經過一種自我尋找的過程後才進入學校，現在想起來，覺得當時為了進入學校繼續念書而失去了太多東西。其中深深烙印在我心中的是，從1970年代後期到1980年代初，很多工廠紛紛成立了勞工組合（工會），很多勞工同伴為爭取合理勞動條件起而發動罷工，但我卻因學生身分無法共同參與，這造成我的心靈受到很大的傷害，由於無法參與這種正確的事情，一種陰影始終如影隨形的伴隨著我，而這也是我日後書寫《單人房》的最主要原因。《單人房》是我從10歲到20歲之

間的故事，現在回過頭來看，有時候還無法相信自己
曾經在那樣的環境與地方工作過，我的同伴們在看我
的作品時可以和小說中的人物產生共感，而這其實是
從我自己的生活記憶出發所寫出來的。我不知道這樣
的回應有沒有回答到為何而寫的這個問題。總之，我
希望透過我的作品可以為許多沒有機會為自己發聲的
人發聲，以著這樣的宗旨繼續我的創作，謝謝。

蘇偉貞：謝謝京淑女士，雖然一開始說是自由的發言，但後來
發現作家最擅長的寓虛幻於現實中，這一段話也建構
出相當清楚的主題。在等一下的討論當中，希望可以
在針對問題做回應，現在讓我整理一下，三位作家各
自的發言。第一個問題是：台灣、日本、韓國這三個
國度既接近又遙遠，有很多相似卻又相異的背景。第
二個問題是：在同時代與同地域的男性作家與女性作
家的相似度較高？還是跨國界的女性與女性作家之間
的相似度較高？同地域或者是跨地域之中，何者的相
似度高？這些相似不是經過事先說好的，而是對於主
題關注的反應，我們是不是可以先請津島佑子女士對
於這樣的議題做回應。

津島佑子：回應剛剛申京淑女士的發言，提到寫作是為了社會上的弱者來書寫，而不是為了自己。但我認為她對於弱者是相當具有深厚的情感，她將自己的情感移入，所以想為弱者而寫，而不是認為自己而寫，是秉持社會的正義而為弱者而寫，這是我想要為她釐清的一部分。關於剛剛談到女性作家的議題，我想台灣應該不陌生，但剛也提到愛奴這個議題，思考女性作家的意義，可以思考如同一個異族或者是與男性作家在同樣一個社會，是具備如此重疊的意涵。我在想，只要是人，都擁有個人的價值觀與歷史記憶，要如何認知新住民的存在？我們要將時間的記憶與價值觀恢復空白，從頭開始思考，這樣的問題才有意義。我的理解是，台灣的各位對於新住民這樣的議題有較多的關注，但遺憾的是，日本對於這樣的議題是較後進的，日本對於他者認知的社會是較為陌生的，如果日本社會能夠打破現狀，對於亞洲各國、或是韓國也好，能夠重新認知，對日本而言是相當有幫助的，也因為這樣的觀點，在國內對於新住民的意涵是相當陌生的，對於韓國文學或者是台灣文學這樣的議題也是相當陌生，這些都與日本的社會結構有關，除了一部分與議題相當有關的人之外，社會上其他的人對於其

他國家的議題，也是相當陌生的，這是日本目前的狀
況。其實日本所謂國際的概念，是由四百多年前開始
進行鎖國政策，思考鎖國的概念，就會開始有國內與
國外的區別，這是我從一個歷史學家的書中所看見的
觀點。事實上，國際與日本人所用的身分認同或區
別，在以前的時代是相當含糊與曖昧的，在庶民與民
間、或者是海賊等海域是相當不清楚的，到了近代社
會才如此被區分開來，我自己身為女性作家是相當喜
愛這種曖昧不區別時代，我認為區分你是你、我是我
這種意識是相當具有自我意識，好像男性作家感覺的
東西。

蘇偉貞：謝謝津島佑子女士對於平路女士發言的補充。津島佑
子透過溝通做為寫作的呈現，之後希望再請申京淑女
士發言。

申京淑：剛剛平路老師有提到我們台、日、韓三國有相當類似
的狀況，因此我想針對這個議題做回應，我與津島老
師在15年前就認識，我們是相當熟悉的，津島老師的
作品在韓國被翻譯之前，特別是短篇小說，我看過後
才發現，如果她的作品被翻譯出來，我可能會被認為

有剽竊的嫌疑，我也覺得很不解，因為我們在語言與各方面都無法溝通的情況之下，還可以有某種相同的地方讓我創作出如此相像的東西。再來是平路老師，我對台灣的理解是透過侯孝賢的悲情城市這部電影，雖然其中有許多無法以言語表達的微妙氛圍，但我仍然可以感覺得到。平路老師的《行道天涯》特別以視角交叉的書寫方式，走向死亡與走向消滅的方式，也是讓我印象深刻。再者，我們彼此之間是透過翻譯才認識的，因此，我們的相互溝通與認識，第一是透過作品中某種莫名的流動，第二則是透過互相的翻譯與引介。

蘇偉貞：謝謝申京淑女士，因為時間的關係，我們能不能請津島佑子女是與平路女士做簡單的回應。

津島佑子：那我就剛剛的問題做回應。談到溝通這個問題，我自己也覺得不可思議，我不懂韓文，申京淑女士不懂日文，我們之間連簡單的交談也有困難，我跟她的背景也相當不同，但為何我會跟她有相同感覺？我們之間為什麼會有共鳴，我覺得是申京淑老師的作品中，具有不知名的力量，這是我對她的感覺。我在想，其

實這樣的一種寫作，其中展現的不可思議力量，才是
推進我們前進的動力，文學與對話是不同的，創作中
所使用的語言，是相當不自由且不完全的，但是即使
如此，我們還是想透過這樣不自由的語言來傳達一種
東西，也正因如此，我們之所以會透過閱讀而產生感
動，例如：讀莎士比亞，閱讀時受到的感動與驚奇，
便會令人想持續接觸，我認為這也是創作動機的一
種，雖然不敢說是全部，但我確定這是其中一種。

平　　路：延續剛剛兩位的發言，我身為台灣女性，對於日本與
韓國這樣國族的大框架，讓我們應該近的反而變遠
了。從性別而言，我們做為女性，相似度是相當高
的，台灣、日本、韓國女性，對於自我認知，又有
多少是發自內心真實的認知？其實都需要某一種的
媒介，深深淺淺的表達出來，這就是為什麼文學作
品中會夾雜女性與男性的語言，因為我們成為女性
本身，並不是那麼自然而然，我們都是經過社會化的
結果，例如透過學習習得愛情的方式，等等各種學
習。在這樣女性相似的當中，有多少是社會化下的產
物。溝通透過翻譯，翻譯其實是最有趣的創作，什麼
是翻譯當中引出或者是誤讀的部分，這才是最有趣的

地方，誤讀、錯讀或者是難以翻譯的部分，反而可以讓我看得更清楚。韓國、台灣、中國、美國等等，都有不同的層次，對於我們每一位寫作者來講，可以讓我們看到彼此身上的東西，什麼是我們真正的感動與真實的感受？什麼是與我們生命最相關的經驗？即使如此，這個溝通，不可能完全，翻譯也不是了解彼此最可靠的途徑，而我們所習得的性別，同時也是符號所在，對寫作者來講，其實是種很愉悅、滋潤的經驗。我們在書寫的那雙手、或者是按鍵盤的那雙手，才能連結我們生命經驗，在矛盾當中，一點一滴的帶著過去的歷史經驗，貼近生活慢慢累積。即使不完整與不完全，充滿錯讀與誤讀，那又有什麼關係呢？康德曾說在文學的取材上面，本來就沒有真正的真理，因此，我希望能夠更了解台灣或者是在亞洲是什麼樣的形象？謝謝。

蘇偉貞：溝通吧！我們剩下的時間不多，開放兩個問題給在場的與會者。不然我想問一下，三位作者都顯現出來他們對國家社會或者他人的關注，可是書寫的時候，多多少少都要包含自己，想請問的是，在書寫中自己最濃厚的成分是什麼，我為我自己寫了什麼？

平　路：書寫者自己的部分。我覺得所有的作品都是圍繞在自
　　　　己身上，以我自己做例子，每一本小說都是對自我的
　　　　關懷，那種了解就是探索自己未知的部分，無論多長
　　　　多短，都是自己最誠懇的認識。當我們要找到準確的
　　　　自我表達意念，長大的痕跡，每一本小說對我而一都
　　　　是一部私小說，都對自我有所關懷，那個軌道都是圍
　　　　繞在自我身上。那個感覺就好像走到河邊，想要脫
　　　　下襪子站在水邊，那一瞬間好像看到自己的倒影浮
　　　　現，就有一種對於前世今生的透悟，這就是我寫作的
　　　　動力，那樣的層次與形式，就是以書寫讓自己快樂的
　　　　方式。這是一個非常私人的答案。

申京淑：津島佑子老師在韓國出版的一本小說，封底中有一段
　　　　話我覺得可以做為很好的回答，後面寫的內容是：這
　　　　本小說集，就我的生活而言，好比是一棵樹在很多樹
　　　　枝都被剪掉的那個時期前後寫的作品，寫這本小說的
　　　　當時，在我的人生當中失去了很多東西，但我的人生
　　　　仍然繼續往前走，為什麼沒有中斷呢？這個回答存在
　　　　於我的心中，或許也是很多人存在的問題，隱含心中
　　　　的傷痛，這就是回答吧。作品中的我通常都將自己深
　　　　藏在其中，但看的人往往都看得出來，那就是我。過

了很長一段時間，再重新閱讀自己的小說，才發現自己是以書寫來面對人生的痛苦，我想作品是從我自身出發，變成一種存在，但過了很久的時間，才發現是藉由書寫來更了解自我與陪伴自我所經歷的傷痛。舉個例子來說，早上在進行會議的時候，我在臺下曾想到我曾打電話問我母親：「小時候我最常講的一句話是什麼？」媽媽回答我說：「媽媽，我肚子餓了。」這種時候，我就從作品中發現了自己。

津島佑子：我在想兩位作家已經說了很多，但與我的部分有很相近的部分，以我自己的閱讀經驗常常是充滿感動的，這也就是為什麼我會持續書寫的原因。我在想，我們不可能對於所有的作品都感到滿足，因此會產生飢餓感，希望能找到一些東西可以填補飢餓感，於是便開始一段自我書寫的旅程。身為一個作家，除了是寫手之外，同時也是一為讀者，在寫作的過程中，當然會意識到自己正在創作，在這樣的狀態下去書寫與批評，寫作就是不斷重複這樣的過程而形成的。

蘇偉貞：三位作者的創作都是具有穿透性的創作，中國以前有食字獸的說法，這樣的飢餓感與未完成，一場座談也

永遠未完成，一直希望可以被自己啟動。我們期許書寫永遠如此幸福，但在此先暫時喘息，讓我們繼續下一段美好的文學書寫。

台日韓女作家座談會（照片左至右：蘇偉貞、津島佑子、申京淑、平路）

台日韓女作家座談會：
體制與逾越——私人寫作的社會空間

蔡素芬：各位老師與各位同學大家好，現在這最後一場座
談，我們請到三位作者分別是：金仁淑、松浦理英
子與陳雪與我們分享，座談會的題目是「體制與愉
悅」我們想探討的是，體制給予我們一些約束，但
作者在創作之下也有呈現與體制所抗衡的觀點，從90
年代開始，同志書寫受到矚目，而現今歷經20年後的
同志書寫，帶給我們的震撼，已經無法與90年代相比
了，現在的同志書寫已經發展到在書寫中描述社會的
觀點，甚至彼此共同生活，與異性戀者毫無相異之
處，同志也不再隱含自己與社會摩擦的激烈情感反
應。當然今天要談的也不只是這一部分，從日本與韓
國作者的創作風格而論，我們想要討論婚姻與外遇的
議題，當時代的創作者提供給我們什麼樣的時代背
景，社會性便會出現在當代創作者的書寫當中，今天
所提及的便是圍繞著這些主題的概念。

首先我介紹日本作者松浦理英子，他從1980年開始創作，從她的著作目錄中，我可以感受到她對於同性與異性之間的感官書寫是相當突出的，並且也深刻反映出日本社會對性的看法，在她書中多提到感官與同志的情愛。

第二位作家陳雪於1990年代開始創作，是一位相當有規律的創作者，長、短篇小說與散文、異性戀與同性之間的糾葛，都有深刻的對比，寫得淋漓盡致，她的同志書寫越來越開放，第一部小說《惡女書》帶給我們感官上震撼，後來的書寫則是越來越犀利，寫入心坎裡，2009年《附魔者》與2012年出版的《迷宮中的戀人》都是很長的長篇小說，繼續挖掘內心的情感，後篇更回應邱妙津的小說。陳雪也在前不久出版散文《人妻日記》，也大方地將自己的愛人同志介紹給讀者，我想陳雪是一位將同志議題大方書寫的作者。

接者介紹韓國作者金仁淑，她從1980年開始寫作，她的短篇小說《等待銅管樂隊》寫作路數可以和我做個對比，這本短篇小說可以看出金仁淑很擅長描寫婚姻中的恐怖狀態，從她昨天的發表可以得知她是不信任婚姻的，其中寫到夫妻關係便是一步一步

脫離光明的所在，描述各行各業在婚姻中無法得到滿足，便開始有外遇出現，要經營出如此氛圍與狀態，文字的細膩度也相當重要。我們先從每位創作者寫作概念與背景開始談。

松浦理英子：我是松蒲理英子。這場座談的主題是關於作家人們與社會的體制活動，這對於當時20歲的我而言是相當單純的一件事，1970~1980年代的日本社會對於日本女性充滿歧視，而我因為認為文學的世界，是很自由而成為一個作家，但即使自由也是充斥很多男性作家對於女性作家嫌惡的觀點。所謂的男性同盟就是輕視女性或是輕視同性愛者的一種結盟。在歐洲普遍男性同盟對於同性愛者充滿歧視，但是在日本有所不同，日本男性好像都滿喜歡男性的，因此都對同性愛充滿憧憬，覺得與男性之間擁有情感好像不錯，但是對於女性間的同性愛就不這麼認為，當然這些男性們非常討厭女性之間的同性愛。我想說，戰後美軍戰領時，為什麼不把這些人多殺一點（開玩笑）。我當然不喜歡趨炎附勢，但我覺得利用女性解放運動來鬥爭，作為市民運動是有效的，但作為作家工作則是粗糙的，因此我認為作家要負起這樣的使命。一開始我

所選擇的態度是完全無視於社會對於女性與弱勢族群的期待，我覺得社會想要知道的事情，大概對於文學都是無關緊要的事情，以我這樣的做法，我的作品世界會顯得有些封閉，但正因為是個封閉的空間，才可以逃離外界的壓迫和干涉，而開出在此空間才能綻放的花朵來。

我的作品描述密室般的世界，其中只有女性的關係，《源氏物語》即是在女性的世界中孕育的文化，我覺得我是和這樣的系譜連繫再一起。在進入30歲以後，我才將自己的世界展開，我在《拇指P》之中，有理論且有體系的展開我的性愛論，這是因為我覺得只用感性而不用理論說明，會很難被男性社會所理解。結果這部作品有了一定程度的暢銷，也受到文學獎的肯定，算是結了甜美的果實。另一方面我思索的是，如果我們可以改變社會與他人，要用什麼樣的方式才適合呢？現在日本年輕人，喜歡說我們無法改變他人，所以先改變自己吧！對於這樣的認同，我無法理解。也就是說，她們對於體制不滿，卻不想辦法改變體制，反而是讓自己融入體制，是相當保守的想法，我想改變這些保守的年輕人，我也曾經聽聞上一個世代為了思想而用工具殺人，或粉碎女性自尊心讓

女性成為依附的存在，我不想用這樣暴力的方式迫使
他人變形，但是我仍然相信人是可以改變的。我也相
信愛這個東西。我覺得我不應該用威脅恫嚇這種陽剛
的做法，不如像一朵盛開的花朵或者像是可愛的小動
物一樣，讓她人駐足觀賞而有所感觸，讓美麗可愛或
充滿細膩的氛圍使觀賞者感到快感或充滿細膩的感
化，我希望用被動畫為主動的柔和方式，也多少能
感動人。我的小說非常注重描寫心理與身體上的歡
愉，讓小說中的人物與我共享喜悅，這是書很難賣的
時代，作家能做的事情非常微小，但我認為我能做的
還是要繼續下去。

蔡素芬：謝謝松浦女士的分享，與我們分享她的喜悅。接著請
陳雪來發言。

陳　雪：大家好，我是1970年出生的，在1996年出版第一本小
說集《惡女書》，這陣子在讀兩位日本與韓國作家的
作品，發現其實都是他們年輕寫的作品，也是帶給讀
者較為深刻印象的作品，也像是一種標籤。我越年輕
時寫的作品越被認定為陳雪的作品，但是越趨成熟
的作品，反而不是那麼被知道，這個對年輕的我來

說，其實是一個困擾。開始寫作其實是基於對自我的不瞭解，我生長在一個被放逐的家庭，從鄉村小鎮到都市，一直努力求生，這樣的背景造就我如何存活下去，寫作讓我在20歲左右發現，在變更、逃難的過程中，寫小說讓我彷彿可以抓住自己，但實際上我在書寫時，反而不太清楚自己是什麼樣的人，只能感受到自己所受過的傷害，到我寫了好幾本小說之後，我才意識到，原來我是依靠寫小說讓自己變成一個真實的存在，到30歲左右，才知道我靠著寫小說的行為求生。

我想作為一位作者，當然會對作品有些看法，但我年輕的時候不是像松浦理英子女士那麼有意識知道自己要寫什麼，但我知道這是對於我自己擁有強烈的傷害的書寫，例如：國道收費員事件，對現代的人們來說原本是尋常不過的風景，有一天在高速公路上變成機器收費，這些收費員就被放逐了，對我來說，這些收費員會吸引我去關注，我想了解一般人視線當中不被注意，輕易被取代、消滅、放逐的人物或事件，我自己與我的家庭也曾經是這樣的狀況，無論是負債或者是貧窮的背後，為了生存，必須採用最基本的生存手段，這些都是在一般人的想像中無法建立的。

到了後期，我的小說也大量在描寫道德規範、亂倫、禁忌或更為複雜的愛情關係，可是我的動機不是為了想要改變別人，只是想把自我的存在表達。大概到30歲透過像公務員固定寫作方式，不斷大量寫作，來讓自己知道，我原來擁有一種能力，我的遭遇與心性讓我慢慢找到一種方式，即是透過書寫來釐清所經歷一些不可言說與不可名狀的感悟，這也是我想要的文學與小說。

實際上，弔詭的是，這些也是最難說清楚與最難書寫下來的東西，但我認為我希望透過小說特殊的形式將人生中的片段記錄下來。經過20年之後，目前處於非常疲憊的狀態，也讓自己知道，越來越將自己從被放逐與不瞭解的地方找到自己，知道自己可以成為一個小說家，但是光這樣的認知，也已經浪費了好幾年的時間。我需要反覆練習與琢磨，現在45歲的我，生活就是不斷的寫作，但也逐漸了解知道自己為何要耗費這麼長的時空來了解自我，我現在具備一雙眼與一枝筆更能夠從破碎與放逐的人身上，看見不同的故事。

蔡素芬：我們從陳雪的回應看到她對寫作的自信，對我來講，如果只把她歸類為同志作者是不公平的，她書寫

的主題是相當廣的。在她的小說裡面，看到她寫階級差距與年齡差距的戀情，讓讀者印象深刻。這樣的書寫在其他女性作者的作品是很難看到的。期待她將來的表現，接著請韓國作家金仁淑開始論述。

金仁淑： 我想要以我自己的故事開場。到現在我寫小說已經有30幾年了，很多人在看完我的作品之後，都會問我在我的小說當中的男主角為什麼往往都是一些非常暴力、非常沒責任感的男性？我被問到這個問題時，思考了一下，想想確實我的作品中的男主角很多都會打老婆、不去工作並將許多責任加諸在太太身上，我在聽到這個問題之前，一直還以為自己是個很喜愛男性的人，也很訝異為何會這樣書寫男性。

我的父親在我4歲的時候離開世間，成為寡婦的母親必須肩負起扶養四男二女六個孩子的責任，她的生活充滿著苦悶，而戰勝苦悶的生活方式就是一直謾罵死去的先生，因為父親很早就過世，所以對於父親我是完全沒有印象，媽媽每天都會說些父親不好的事蹟給我聽，包含：抽菸、喝酒、玩女人，在我幼小的心靈中，常會慶幸父親很早就過世。直到35歲，我都堅信父親就是這樣的形象，未曾改變。

　　但有天和大哥聊天，大哥卻說父親是全世界長得最帥的人。為何爸爸沒賺錢養家，那是因為他一直在做一種展望性的事業，而一直和女人出去玩，則是因為他長得太帥了。所以我突然間對父親產生了疑問，媽媽付予我的父親印象，跟作為長子的大哥所認知的父親形象，有所衝突。我35歲才了解到這個事實，但是我從20歲就開始寫小說，所以小說中有兩種男性形象：一個是糟糕的父親形象，另一個是在父親過世後守護著我的大哥的形象。

　　所以，我20歲時出版的作品，是一個女大學生對性的體認，也開始了解愛情，在當時引起很大的話題，在我發表得獎感言時，我好像是把自己內衣的一個部分展現給大家看。我會說這樣的話，意思是說這個作品展現了我內在的一個部分，沒想到男性讀者在理解這裡時卻好像是看到我的內衣一樣。甚至有男性讀者居然真的對我說：「我真的很想看到女性作家的內衣。」

　　在這個框框底下，我再次看到這種暴力的男性，「體制與愉悅」感覺上是一個很難的題目，但我覺得都是從了解個人傷痕然後克服傷痕，連結一起，一步一步看見自己的方式。在我20歲以前的生涯

中，我相信到了30歲，在民主主義方面，我們會得到某種程度的成功，但是直到目前為止，保守的暴力性依然存在。更具體的說，示威的男性一旦回到家庭之後，依然使用暴力，何以如此，我也始終找不到答案。為了民主主義而嘶聲吶喊時，他們表現得實在是太帥了，但是回到家裡，他們又實在是太不帥了。因為這樣，我對人生越來越感到灰心，也因此在我的文學作品中會不斷的提出這個問題。昨天開玩笑地說我不相信夫妻關係，後來我還在想我是否相信自己？還是不相信任何東西？我是為了要相信某樣東西，而發揮出很大的力氣來寫文章，我並不是想要安慰個人而寫，謝謝大家。

蔡素芬：謝謝金仁淑。從事民主主義具有英雄型的男人，為什麼在家庭中會有暴力的問題所在，這樣與台灣所在的情況或許類似，從她的作品可以看到人與人之間，夫妻與社會之間的議題。接下來請作家們互相討論彼此作品。

陳　雪：松浦理英子的《拇指P》我在年輕時讀過，當時那本書在台灣相當轟動，對我來說我感覺我們三位之間有某

種程度的相似。不只是寫同志或者是社會運動的表象，而是內在流動之間有所相似。松浦女士的作品，在表象來說，處於一個沒有性別運動與建構論述的日本社會中，創造的小說，我覺得是她獨處的一個世界，即使過了很久，作品中的力量還是相當驚人的，性的場面開始是一個褥濕的床單，這個作品讓她在描述每一個性的動作與描述都是相當具備有張力的，她的小說也提到施虐與受虐的觀察，但我覺得這些都是表象的關係，表達人與人之間的關係，藉由探索性與愛。

實際上，我覺得她的作品達到一種程度，非常早熟，年輕人作品會有直率與天真，小說中寫20歲的性與愛，卻擁有滄老的感覺，那種滄老是追問愛與身體是什麼的疲憊感，另外作品中也將性器官融化掉，為了追問性是什麼這個問題，在這些出入口都不在之後，要用什麼樣的方式去表達性或愛的感覺？尋找新的出口？有希望有機會可以再讀她最新的作品。金仁淑女士這兩篇作品我都很喜愛，《等待銅管樂隊》這部作品中，我覺得我並沒有看到她對男性的成見，比較特別是她的敘事角度有時感性、有時理性、有時年輕。有時滄老，她會依照各種性別與社會位置，了解生與死的問題，是很少年輕女作家會探討的，我認為

這與她父親在她小時候過世相關，我覺得她的小說讀完讓人感到悲傷，與我的書寫相似，許多人談女性文學與女性寫作，我們都會思考性別所帶來的話題，不再只是性別的，而會為小說帶來非常深厚的滋養。

蔡素芬：請問金仁淑女士有讀過陳雪的作品嗎？松浦理英子女性有讀過陳雪的作品嗎？請松浦女士來談看看陳雪翻譯成日文的作品《橋上的孩子》。

松浦理英子：我會注意到《橋上的孩子》這本書，是因為這本書在翻譯方面我曾參與協助，讓作品以更好日語的型態展現，書中也有我以日文而寫的推薦詞，我覺得這本作品很純情，在描繪同性與異性之間各種關係，找工作等等的這些經歷，描繪女性的形象，我認為，陳雪在小說中賦予了橋上這個位置相當豐富的意涵，這個位置，除了是人生開始的這個位置外，也是幻想與現實。過去與現在、父與子、異性與同性之間，彼此拒絕或求愛等追求愛情的一種存在。各種對應的東西在橋上這個位置交和，讓我覺得相當有魅力。在這部作品中有描寫到陳雪這位作家對於音樂非常敏感，也希望陳雪可以為我們唱一首歌，目前就先到這邊。

蔡素芬：我們還有一點時間，讓我來補充一下松浦理英子的作品，翻譯者是劉慕沙女士，我在讀翻譯作品時通常都會注意到翻譯的文筆是否與作者想要表達的關鍵字相同，我在閱讀的時候，發現劉慕沙的文筆相當流暢，拇指P指的就是書中22歲女主角，發現自己右腳大拇指長出陽具，覺得很不可思議，她當時的男朋友交手覺得女人長出陽具相當不像樣，分手後與女主角與盲眼鋼琴家談戀愛，對於男、女生的身體接觸與性愛關係採很隨和的態度，因為盲眼，覺得與人接觸是相親相愛的展現，她被女主角的聲音吸引，於是認為女主角是她理想中伴侶的形象。

　　之後女主角在一次機會中遇到「奇花秀性愛表演團」，團員都是在性器官上畸形的人，組織起來做性愛表演，表演場合通常是不在社會規範之內私人的邀約，女主角被邀請進入這樣的團體，但她認為在大眾面前表演性愛是很奇怪的事情，一開始她只扮演觀察者角色，但最後才加入，加入後她和其中一位團員談起同性愛，小說最後她一再追問：什麼是理想的性愛？透過與異性鋼琴師的戀愛，合乎理想但是卻缺少強烈快感，但與女性的性愛雖然可以感到強烈快樂，卻不合乎她的作風，在這兩種精神上分析，身

體接觸上缺乏興奮感，所以小說不斷在追問這個問題，寫作拇指P作者說：「這是個學習感官情感愛情的學習之旅。」

台灣小說在表現這一部分，不太能拿來與這部小說作類比，因為松浦女士是在一個封閉式的社會寫小說，只是她已在小說最末留下一個問號，小說放在感官與身體的接觸，內在情感的鋪排只是一種陪襯，讓我們想到資本社會對於性與身體接觸的概念，例如：春上村樹的作品在閱讀之後，會受到這樣多的人喜愛，裡面對身體與性的部分，是很直接的表達，這樣對性的觀念可以做現象討論。

金仁淑女士的作品也是我相當喜歡的，《等待銅管樂隊》中我認為銅管樂隊的照片是個象徵，即便是平凡的女人，沒有什麼希望，但是對於自我內在精神的一種東西追求，便是金仁淑在小說作品中的追求，《水上》小說最後寫道：

> 「某一個下午我看見坐在賣票口的自己，從狹窄的賣票口，看見傾瀉下來的午後陽光灑在我雪白的手臂，某一天的下午，我也許是幸福的，爬到手臂上的陽光，沿著我的胳臂，繼續

向上攀延，終於到達我的臉頰，我感到了幸
福，這個狹窄的賣票口，竟然也有一個充滿陽
光的世界。世界又窄又小，彷彿只容我一人存
在，而且她溫暖，我彷彿聽見電影放映機：喀
擦喀擦轉動的聲音，那時我也許在臨睡中夢
見水門開了，我夢見水與水相接最終達成一
體。」

其實就是對和諧愛情的盼望，可以看見她很細膩
而且對於感情嚮往的部分。現在請在場觀眾都可以提
出各種問題。

劉亮雅：我想問請問蔡素芬的創作是否有家族經驗在背後，除
了70年代鄉土文學運動的背景，是不是還有其他？

蔡素芬：有，我的童年是在台南潟湖那裡度過，一邊通向台灣
海峽，另一邊通往潟湖。我的兄姊多在高雄求學、工
作，不斷來來去去，我住的地方是個安靜的鄉村，每
個寒暑假我都會回到家鄉去，看到鹽田風光與我的成
長歲月連結一起，不同季節都有著不同的變化。接下
來再請松浦理英子女使補充日本的性愛觀。

松浦理英子：剛剛提到村上春樹作品中會出現男性讓人覺得討厭，但還是可以與女性做愛的部分。我想替春上村樹對台灣的讀者道歉。春上村樹在日本並不是一位太受尊敬的作家，這個作家好像裝做我很了解性，但是太過苛責他又好像很可憐。畢竟村上現在已經超過60歲，現在，一般都認為日本的年輕人已經變得不太做愛了，也因此現在小說中也不太出現描寫性愛的場面，如果有出現這樣的場面則是老頭寫的，所以日本這個國家無論男、女對於性愛的態度是很難理解，女性好像是秉持快樂至上主義。很難說明整體究竟是什麼樣子，到此結束。

蔡素芬：在小說中「奇花秀」這樣的性愛表演團體，是創作出來的，抑或是在日本社會中真實存在嗎？這樣的設計對日本讀者而言，有什麼樣的震撼嗎？

松浦理英子：那是創作的，實際上並沒有「奇花秀」這樣的性愛表演團體。因為是很久以前的事情，我也不記得大家的反應，但大家好像都把它當作馬戲團這樣的東西，所以就這樣接受了。

蔡素芬： 接著我來問金仁淑女士，在她作品中大量書寫婚姻，外遇或者是男性具有暴力等現象，南韓這十幾年來經濟發展已經超越台灣，小說所寫的現象與社會的快速成長有關嗎？會不會是社會的進展太過快速，個人已經無法跟上發展，所以才有大量出現探討情感的兩性家庭關係的作品出現。

金仁淑： 謝謝蔡素芬作家剛剛將我的作品分享給大家，我的回答應該與問題很有關係。大約三、四年前在韓國的一個國際研討會，有一位與我一起參加會議的澳洲男性學者，告訴我說他是一位同性戀者，同時也提到他身為同性戀者在創作時遇到的困境，當時他是第一次來到韓國，來之前他找了一些關於同性戀的書籍來看，發現裡面寫著：「到韓國時，你千萬不能說自己是gay。」他很狐疑又鄭重地問我：「真的是這樣嗎？」這個問題我本應該回答說：「絕對不是」，但我卻說不出這種話來，因此我覺得很丟臉。

　　作為一個作者，應該關注更多樣性的事物，但我卻只關注在自己本身或周遭事物上面，我覺得很慚愧，因此這件事情之後，我寫了一篇短文抒發自己的感想。不過，我拿與澳洲學者對話的事情寫文章，其

實並沒有告訴過他，但不知為什麼澳洲學者後來卻寫email給我，問我讀者看到這篇文章後有甚麼反應？讓我覺得丟臉的是，其實一點反應都沒有。或許可能是因為我沒有用強烈的語氣來寫，也或者這個議題在韓國一直都不被大家所關注的關係吧，因此在這一次會議中，我又再一次覺得相當慚愧。

身為一個作者，我關心人與人之間的問題，但在作品中也談到結婚與什麼是可以相信與依靠的問題，我還是希望用間接的方式來追求這樣的問題。針對這種關係要下一個定義相當困難，因為他是外來者，沒有辦法單純下定義，會接觸到社會歷史與文化各式各樣的問題，韓國處在快速變化的社會轉型當中，存在非常多文學作品無法反映的問題。所以在我的小說中可以提到不倫與同性戀愛的問題，但也一定要談到社會與體制的問題。

現場參與者提問：我想要問台灣的同志文學從1990到現在從性向自我認同到現在書寫愛情已和異性戀差不多，我在思考的是，發展到後來，同志文學會不會失去特殊性？金仁淑老師說澳洲學者不能承認自己性向，是不是同志文學在韓國文學環境不不那麼明

顯，為什麼台灣的同志文學與遊行可以那麼蓬勃的發展？

陳　雪：這個問題應該讓紀大偉老師回答。

我覺得同志文學應該還是具備有特殊性，但我不是同志文學的代表，《惡女書》是我個人創作風格的演變，不是同志文學的演變，同時存在許多人因為同志身分受到歧視與壓迫，包含很大的傷害。另一程度而言，某一部分的時空，有兩萬人會用奇怪的方法來抗議無法結婚，這與台灣整個社會環境相關，在自由與多元之中，隱藏著保守與歧視的是勢力相當驚人的。我出第一本書也受到滿多壓力的，所以很難了解台灣，有時會用很激烈方式回應，有時好像會被一種理性的力量所取代就平息。

金仁淑：說實在話，我講的可能只是我身邊的情況，或許不能代表全韓國。最近有一位韓國女作家寫了男性gay的小說，就我的觀察，這位作家並不是同志，或許只是關心這樣的議題吧。有這種思維的人其實很多，但把同志問題拉出來談論的氛圍，在韓國還是相當不成熟的，這個問題還是需要想想，我還要去找出夠多的資

料才能回答，畢竟我也是在這個氛圍底下生活的韓國人。在韓國的藝文界或演藝界，在出櫃之後引起一些話題的人固然也有，但好像並沒有像台灣或日本那樣的多，尤其是女性同志問題，就我所知，目前並沒有一個女性同志問題的談論，這是我所看到的現象。

松浦理英子： 剛剛有問到日本同志文學沒有台灣活躍，確實是這樣沒錯，但這個理由我也不太清楚。所謂出櫃，在1990年代似乎也有大家出櫃吧這樣的運動，但後來似乎就慢慢的消失。其中當然有出櫃作家，但這個作家不是只寫同志文學，而是寫各式各樣題材的文學。當然有同志文學作家，但也不只書寫同志文學。

也有男同志社區，也有在其中活躍的作家，以前是男同志雜誌，現在是男同志網路社群，可以在上面發表文章，如果想看男同志情慾表現，可以去看那樣的小說就很足夠了，另外也有一種為女性而寫的男同志文學，就是BL（Boys Love）的小說，是比男同志文學更有人氣的，另外描寫少女之間愛情的百合小說也存在，書寫這些文類小說的作家，我想他們都是有才能者，但他們沒有進入到一般文學的社會中，我覺得很遺憾，另外我覺得分類這本書是不是同

志文學，是相當沒有意義的事情，我的結論就是無論是寫同性愛，或者是異性愛，只要是寫作家自己喜歡的事情就好。

蔡素芬： 想請問在日本有同志遊行嗎？

松浦理英子： 慢慢就是有，大概一年會舉辦一次。

蔡素芬： 現在對於韓國與日本同志書寫狀況了解。我要回應台灣對於同志書寫與身分的接受度越來越高，作為一位創作者，書寫同志情愛對於社會影響是很大的，讀者是透過作家的書寫來發現同志與異性戀可以放在同一個平台來看待，對社會也有一定的影響度。作家描寫的生活經驗，其實也是改變社會的觀點。這就是文字的功能與力量，今天雖然話題是圍繞同志書寫方面，但希望之後的文學作品是看到人在這個社會與時空之下，可以傳達何種情感經驗。謝謝各位與台文所幫我們邀請日本與韓作家。

范銘如所長： 請容我以一分鐘發表閉幕的感言。首先很感謝遠到的日本與韓國的六位貴賓，以及我們這兩天相當辛

苦的翻譯人員，即使透過翻譯能知道的作品非常有限，所知的翻譯作品可能只是這些作家創作的冰山一角，在這樣有限的文本中，我們還是看到很多感動，這兩天聽到很多作家在敘述自己的東西，以及描述閱讀她人的作品，感受到的感動。但其實我們關注的焦點是跨國的問題，我獲得很多收穫也覺得非常感動，雖然台灣、日本、韓國三國女作家都是在各自的處境摸索創作，或者是想為一些弱勢、社會性與邊緣、無法發聲的人發言，從昨天津島佑子女士與松浦理英子女士都提到「女孩們！破壞吧！不要輕易的屈服在這個社會與世界！」如果我們對體制屈服，今天或許就不會有女作家。

這兩天的會議與一般的研討會不太相同，一般的研討會都是在一個較大的學術框架下談論文學的議題。我們這個研討會是在上午的時候，提供各國的女性文學家作為基礎與歷史性的陳述，下午都是讓作家與作品自己來說話，這樣我們確實可以看到文學感人的力量，我們也看到台灣日本韓國女性在各自不同的文化脈絡中，其實有些相似之處與共通的話題，這次台、日、韓女作家跨國研討會，是我們政大台文所第一次的嘗試，也希望可以繼續在做這些嘗試，更希望

未來可以帶著台灣的女作家，到日本與韓國做後續的
交流。謝謝大家。

台日韓女作家座談會（照片左至右：吳亦昕、中川成美、蔡素芬、津島佑子、松浦理英子、陳雪、金仁淑、申京淑、范銘如、吳佩珍、崔末順）

秀威經典　　　　　　　語言文學類　PG1483　新視野26

台日韓女性文學：
一場創作與發展的旅程

主　　　編 / 吳佩珍、崔末順、紀大偉
策　　　劃 / 國立政治大學台灣文學研究所
責 任 編 輯 / 杜國維
圖 文 排 版 / 楊家齊
封 面 設 計 / 楊廣榕

出 版 策 劃 / 秀威經典
發 行 人 / 宋政坤
法 律 顧 問 / 毛國樑　律師
印 製 發 行 / 秀威資訊科技股份有限公司
　　　　　　114台北市內湖區瑞光路76巷65號1樓
　　　　　　電話：+886-2-2796-3638　傳真：+886-2-2796-1377
　　　　　　http://www.showwe.com.tw
劃 撥 帳 號 / 19563868　戶名：秀威資訊科技股份有限公司
　　　　　　讀者服務信箱：service@showwe.com.tw
展 售 門 市 / 國家書店（松江門市）
　　　　　　104台北市中山區松江路209號1樓
　　　　　　電話：+886-2-2518-0207　傳真：+886-2-2518-0778
網 路 訂 購 / 秀威網路書店：http://www.bodbooks.com.tw
　　　　　　國家網路書店：http://www.govbooks.com.tw

2015年12月　BOD一版
定價：240元
版權所有　翻印必究
本書如有缺頁、破損或裝訂錯誤，請寄回更換

國家圖書館出版品預行編目

台日韓女性文學：一場創作與發展的旅程 / 吳佩
珍、崔末順、紀大偉 主編 -- 一版. – 台北市：
秀威經典, 2015.12
　　面；　公分. -- (語言文學類；PG1483) (新
視野；26)
　　BOD版
　　ISBN 978-986-92498-2-9(平裝)

　1.東方文學　2.女性文學　3.文集

860.7　　　　　　　　　　　　104026441

讀 者 回 函 卡

感謝您購買本書,為提升服務品質,請填妥以下資料,將讀者回函卡直接寄
回或傳真本公司,收到您的寶貴意見後,我們會收藏記錄及檢討,謝謝!
如您需要了解本公司最新出版書目、購書優惠或企劃活動,歡迎您上網查詢
或下載相關資料:http:// www.showwe.com.tw

您購買的書名:_____

出生日期:_____年_____月_____日

學歷:□高中 (含) 以下　　□大專　　□研究所 (含) 以上

職業:□製造業　□金融業　□資訊業　□軍警　□傳播業　□自由業
　　　□服務業　□公務員　□教職　　□學生　□家管　　□其它_____

購書地點:□網路書店　□實體書店　□書展　□郵購　□贈閱　□其他

您從何得知本書的消息?

　□網路書店　□實體書店　□網路搜尋　□電子報　□書訊　□雜誌

　□傳播媒體　□親友推薦　□網站推薦　□部落格　□其他_____

您對本書的評價:(請填代號　1.非常滿意　2.滿意　3.尚可　4.再改進)

　封面設計____　版面編排____　內容____　文/譯筆____　價格____

讀完書後您覺得:

　□很有收穫　□有收穫　□收穫不多　□沒收穫

對我們的建議:_____

_____

_____

_____

11466
台北市內湖區瑞光路 76 巷 65 號 1 樓

秀威資訊科技股份有限公司　　　收
　　　　　　　BOD 數位出版事業部

．．

（請沿線對折寄回，謝謝！）

姓　　名：＿＿＿＿＿＿＿＿＿　年齡：＿＿＿＿　性別：□女　□男

郵遞區號：□□□□□

地　　址：＿＿＿＿＿＿＿＿＿＿＿＿＿＿＿＿＿＿＿＿＿＿

聯絡電話：(日) ＿＿＿＿＿＿＿＿＿＿　(夜) ＿＿＿＿＿＿＿＿＿＿

E - m a i l：＿＿＿＿＿＿＿＿＿＿＿＿＿＿＿＿＿＿＿＿＿＿